金塊探し

田代秀則
Tashiro Hidenori

風詠社

金塊探し ◎ 目次

金塊探し

第一章　周さんからの電話

毎日が普段とまったく変わらない平々凡々な日々であった。

そんなある日、お昼前に携帯電話が鳴った。マナーモードにしていなかったので、着信音にあわてて電話に出た。

「もしもし、大山田です」

ついついマナーモードに切り替えることを忘れていたのだ。

発信元を見ると、未登録な人からなので、誰かな?と思いながら話を始めた。

「大山田さんですか?　私は、中国、広州の周《しゅう》です」と、中国語（北京語）が聞こえてきた。

数ヶ月前から、周と名乗る中国人から二、三回電話が掛かってきて、困惑しているところではあった。私の知り合いで、中国の深圳《しんせん》市に住む鄭《てい》さんからの紹介というが、どうも嘘っぽい感じがするので、

「今、忙しいから……」と言って、電話を切るのが常であったが、今日は珍しく会って話をしたいと思わせる内容に踏み込んできた。

「実は、中国にしか無い原料を使って、便利なものを作ったので、日本向けに販売したいのです。これは、特許申請も考えているので、誰にも言わないでほしい。私は広州にいますが、大山田さん、広州に来られることはないですか。是非、大山田さんにだけ見せたいのです。きっといい商売が出来ると思います。私は、貧乏な中国人ですからパスポートを持っていないので、中国から海外へ出国ができないのです。でも、中国国内で会うのであれば、深圳市、上海市へも行けます。しかし、香港へは行けません。中国国内であれば、どこへでも行って貴方と会えます。中国へこられる日時を教えてもらえませんか？　次の中国出張予定を教えてください」

前回より、突っ込んだ内容で、真剣と思える力のこもった口調で迫ってきた。

「わかりました、次の中国出張予定が決まれば、連絡しましょう」

今日も、型通りの返事をしてしまったが、何かがあるのかな、という予感はあった。

しかし、先ほどの話の中での「紹介」という言葉が心の奥に突き刺さっている。

周さんからかかってきた最初の電話の内容を思い起こしてみる。

「大山田さんとすぐ会いたい、いつ中国に来られますか、ビジネスでお願いがあります」

中国人特有の少し甲高い声と発音で、しかも人慣れた優しい感じのする人みたいだった。

「私は深圳市の鄭金起《ていきんこう》と言う人から貴方を紹介していただきました。彼は深圳市で、日本向け、アジア向けに貿易をしている方です。大山田さんは、語学が堪能で、中国人とのビジネスに秀でており、誠実な方で信用できる人、と聞きました」

「鄭金起？　すぐに思い出せないなあ」

「会えば、すぐわかりますから、三十分でもいいから中国で会いたいんです」

強引とも思える早口で、

「きっといいビジネスの話が出来るから、次に中国に来る日を教えてほしいのです。大山田さんは、信頼できる日本人だから、きっと相談に乗ってくれると聞きました」

といった具合であった。

この電話がきっかけとなり思いもかけぬ現実に遭遇することになる。

第二章　岡の訃報

私は、あまり酒が好きではないが、昨日は久しぶりに楽しい飲み会であった。同期入社の国内営業部、岡潤二、香川信也の二人と一緒に、今の仕事のこと、会社に対しての不満等、酔った勢いも重なり面白おかしく飲み明かした夜であった。昨今の円高、株安、世界環境に大きく左右される我々の業界、情報のネットワークこそ仕事に欠かせない。岡と香川は私が輸入した商品をスーパーマーケットと卸問屋に販売してくれている頼りになる仲間だ。私は遅くまで残業するにしても、夜九時頃までには切り上げるが、岡と香川は十時、十一時頃まで仕事をしていることが多いらしい。だから、仕事以外ではめったにゆっくり話をする機会がなく、たまには酒でも飲みに行こうや、と金曜日の夜に約束をしていた。岡は二人の子持ち、香川は結婚しているがまだ子供に恵まれていない。それに引き換え、私は三十七歳、独身、最近は仕事が終われば、まっすぐに家に帰る日々だ。

その飲み会の後、翌々週の月曜日にニュースが飛び込んできた。

「岡が死んだぞ！」

社内は騒然となった。

岡は穏やかな性格だった。先日の飲み会で、

「大山田、早く結婚しろよ、誰かいい人まだいないのか？　なら、紹介してやるよ。でも、お前はいいなあ、英語と中国語が話せるから、俺も中国語を習って、中国とのビジネスをしてみたいなあ」

と話していたのを聞いたことがあった。

岡潤二の死因は焼死だった。北海道、層雲峡温泉ホテルの火災に巻き込まれたようだ。私的な旅行だとしたら死亡者に岡の奥さんの名前がないので不思議に思ったが、さぞ、奥さんは悲嘆にくれているだろう。

しかし、翌日には、とんでもない事実が判明したのだ。奥さんは、旅行には同行しておらず、本人は驚きのあまりショックが大きく誰とも面会できない状態という。奥さんには内緒の不倫旅行だったのだ。層雲峡温泉は、北海道大雪国立公園に位置し石狩川を挟み壮大な自然を誇る名勝だ。夫婦で出かけていればさぞ楽しい旅行だったろうに……。新聞に大きく報道され、宿泊客の八名が犠牲となった。男性三人、女性は五人、その中に、岡潤二が含まれているのだ。火災後、二日後に死亡者全員の氏名の発表があった。

この事故以来会社では、仕事中は、この話はタブーになっているので、昼休みなどに事故の進捗を聞いて廻るのが日課になった。

「飲み屋の女性と一緒に温泉旅行していたらしい」とか、

「そんな大それた事をするような人には見えなかった」とか、

「長い間、付き合っていたのかな？」

という類の話が耳に入ってくる。

私も、心中穏やかではなかったが、不信感が膨らんでいた矢先、香川から誘いが来た。

「岡の追悼をしてやろうや。この前行ったラウンジクラブ『K』へ行こう。そこに岡が好きだった女の子がいるらしいぞ」

「そうか、そういえば、あのとき岡はやたら楽しそうにしていたな、そうそうポニーテールにしていた女の子とカラオケでデュエットしていたな」

と言いながら、なんともいえぬ悲壮感を抱きながら、香川に急き立てられ、一緒に「K」の扉を叩いた。

店内に入るとママが我々の姿を見つけるなり、

「鈴ちゃんが、死んだのよ！　岡さんとお忍び旅行をしていた最中らしいのよ。岡さんの奥さんは、知っているのかしら」といきなり話しかけてきた。

それからは、鈴ちゃんの話題に移り、しゃべり続けた。

「なんでもよく気がつく本当に優しい娘だったのよ、昼間は、保険の外交セールスをして、夜は週二、三回程度アルバイトでこの店で働いてくれる頑張り屋さん。岡さんは、一ヶ月に一、二度くらいのペースで来てくれたわ。鈴ちゃんと岡さんとは、二年くらいのお付き合いかな、香港へ買い物に時々二人で行っていたみたい。鈴ちゃんのお姉さんが香港に住んでいるかららしいけど。そうそう、そのお姉さんもこの店に来たことあるわよ。なかなかの美人で、そうそうあの女優に似ていたわね」と映画やドラマで活躍している美人女優の名を挙げた。

「そうですか」

二人は、その姉妹に思いを巡らした。

岡潤二は、度々香港へ買い物につき合わされ、それで海外に関心を持ったのだろうと思った。

今まで身近に感じなかった岡の存在が、思いのほか近かったんだと、実感させられた。もっと一緒にいろいろ話をしておけばよかったと悔やまれる。

岡は、そう目立つ存在ではなかったように思えたが、なかなかどうして自分なりに結構楽しんでいたんだと、私は少し羨ましい思いもあったが、奥さんにしてみればそれどころではなかったろう。

第三章　日岳佳代からの電話

人生は、時に思いもかけぬことに巡り合うものだ。

ある日突然、岡の不倫相手だった鈴ちゃんの姉で、美人と聞いていた彼女から電話が掛かってきた。勿論、中国語ではなく日本語である。

「初めてお電話します。大山田さんですか？　私は、ラウンジクラブ『K』に勤めていた鈴の姉で日岳佳代と申します。突然のお電話で、失礼します」と話を切り出した。

「大山田さんは、とても北京語がお上手で、中国人と良いご商売をされている、と聞いています。今、私は香港から電話していますが、一つお願いがあるのです。私の古くからの友達がビジネスのことで、是非大山田さんと会いたいと言っています。出来れば、早い機会がいいのですが、今度香港へいつこられますか?」

　青天の霹靂というか、うわさをしていた美人から思いもかけなかった電話で私は、気が動転してしまったようだ。話を始めて数分間だけだったが、とても浮き浮きとした気分になり、

「貴女のことは、『K』のママさんから聞きましたが、よく私の携帯番号がわかりましたね」

「貴方の噂は、岡さんから聞いていました」

「そうでしたか。ところで、この度は、妹さんが大変な目に遭いましたね」

「『いずれは、岡さんとは別れないといけないよ』とよく妹に話していましたから、覚悟はしていました。私たち姉妹は、母子家庭で育ち、ここまで来るのに大変な苦労をしました。大山田さんのようなエリート育ちではないですから。私たちは函館出身なのですが、朋子……あっ、鈴の本名です。朋子は、函館とよく似た神戸が大好きで、そちらに長く住んでいました。好きな岡さんと一緒に亡くなったのだから、不謹慎かもしれませんが幸せ者です」

「何と言ったらよいか……」

「ごめんなさい、ついついこんな話になっちゃって……、実は、日本向けにいい商売の話が持ち上がったので、大山田さんに電話しているのです。いつか、中国関係で困ったことがあれば、大山田さんに相談すればいい。彼は、とてもいい人だから、と聞いていましたから、失礼とは思いながら、今、私は勇気を出してお電話しているのです」と佳代は言う。

「わかりました。私にできることなら何でもおっしゃってください、相談にのりますから。で、具体的にどんなビジネスでしょうか?」

「まだ詳しい話はわかりませんが、信頼できる方ですから香港でお会いしてお話しすることにしましょう。次の香港出張が決まれば、すぐ私に教えてください。お会いできる準備をします。私の香港の携帯電話番号は○○○○○○○○です。夜でも結構ですので、必ずお電話くださいね、待っていますから」

「はい、わかりました、次の香港行きが決まればすぐ電話します」

私は、どんな美人なのか一度、会ってみたいとの思いから、二つ返事で電話をする約束をしてしまった。

第四章　大山田の海外業務

私の勤務するユナイテッド・パシフィック商会株式会社は、神戸にある中堅の雑貨輸出入の貿易商社である。国内販売、卸も行っている。とりわけ現在は五百円ショップというか、安価で、なおかつ身近で重宝してもらえる製品のラインナップを目指している。幅広いお客のニーズに応えるべく、グローバルな視点に立ち世界各国から様々な製品を輸入している。

入社時のこと。榎木田社長との面接では、今までの既成概念にとらわれないフレキシブルな対応が出来る商社マンになってほしいと、檄をとばされた記憶が鮮明に残っている。私は貿易部、岡潤二と香川信也は国内営業部へ配属されていた。

私は、語学、特に中国語（北京語）が堪能で、中国人との折衝事は難なくこなせ、中国語圏との貿易に精通している。手前味噌だが、香港を中心にした豊富な人脈を持っており将来が楽しみな逸材と評価してもらっていた。誰とでもすぐに打ち解けてフレンドリーな会話ができるのが強みだろうか。それは、自ら積極的に外国語を覚え、異国を勉強しようという向上心をいつも心に持ち続けてきたからだ。

チャイナトレード（中国の商材の仕入・輸入代行）には、独特のアメとムチが必要という私なりの信念がある。

今の希望は、人並みに可愛い嫁さんを貰い早く大きな家を建てること。そのためには、輸出入を問わず売上を上げて上司に認めてもらい給料を増やしてもらうしかないかな、と考えている。その原動力となっているのは、私の境遇にあった。

私は、中学校時代に父を失くし、母親に育てられた。兄妹は、私と妹の幸子との二人。私は大学まで行かせてもらえたが、妹は専門学校へ進学した。母親が苦労をして我々を育ててくれたことに深く感謝しており、早く人並み以上に稼ぎを増やし、今まで苦労をかけた分を一日でも早く恩返ししたい、そして母と妹を呼んで一緒に大きな家に住むという夢を持っている。

今、ユナイテッド・パシフィック商会の一番の売れ筋は、「デイリー・マルチ」と言う優れもので、日傘、雨傘兼用で、点灯ライト、警報アラームまで装備した一種の女性用グッズだ。私は、入社以来ずっとアジア圏担当で、当初輸出を担当していたが、二年ほど前から輸入担当に転属となり、今は大手スーパー「円山屋」の中国からの仕入れ品担当業務に奔走している。与えられた仕事は、難なくこなせるようになり、自分自身も一人前になれたと思う頃で、最近は、何か変わった面白いビジネスがないか、仕事の刺激を求めているところだった。

第五章　周兄弟との出会い（その一）

それから数日後、五日間の香港出張が決まり、フライトの予約をしていたところ突然、携帯に電話が掛かってきた。

「広州の周です、大山田さん、中国出張ないですか？」

実にタイミングよく連絡が来るものだ。

「実は、来週月曜日から香港へ出張するんです。短期間だし、なかなか会う時間がないかも知れないけど」と伝えたところ、周さんが間髪入れずに、

「深圳市へ来られませんか？　是非会いたいです、兄も紹介しますから」と切り出してきた。実は、私の現在の業務は香港に宿泊するものの、仕事はほとんど隣の深圳市

の工場へ行ったり来たりの往復が多く、そのため深圳市内は少々熟知しているので、今回場所さえ指定しておけば、会うことは可能なのだ。とりあえず、私の香港での滞在先を教えておき、会える日は滞在三日目しかないこと、そして待ち合わせ場所は、深圳の某ホテルロビーと決めた。

香港出張出発の前日、フライトスケジュール、宿泊先も決まったので、香港で日岳佳代に会いたい思いで早速、聞いていた携帯番号へ電話してみたが、不在であった。二度、三度鳴らしてみたが、応答なし。留守メッセージを残すことも考えたが、香港に到着してから連絡すればいいかと簡単にあきらめた。前の電話の様子から、香港ならいつでも連絡取れるだろうと思ったからだ。

関西空港から昼の飛行機で香港へ向かった。ホテルにチェックインして、早速、日岳佳代の携帯へ連絡を試みたが、不在であった。

今度は、留守電へしっかりとホテル名、部屋番号を伝えておいた。五日間しかないが、佳代とは、必ず会えると自分なりに確信をしていた。

この日は、朝早くから取引先である嘉林工業有限公司の翁火丁《おうかちょう》社長が香港のホテルまで迎えに来てくれ、嘉林工業の深圳工場に向かった。二時間ほどで商談が終わった頃、周さんから電話があり、今ホテルの前にきているので、ロビーで会いましょうと言ってきた。

丁度午後二時頃、初めて周さんと会った。

「ご飯食べましたか？」

中国人特有の言い回しで、話が始まった。周千興《しゅうせんこう》と周家敏《しゅうかびん》の二人でやってきていた。

周兄弟は、いかにも対照的で、性格も異なるように見えた。

兄の千興は、小太りで頑丈そうな体をしているが、おっとりしていて笑顔を絶やさない温和な性格と見える。

弟の家敏は、対照的に痩せ型でしゃべらないと損をするようなおしゃべりタイプと見えるが、中国人特有のゴツゴツしたところがない。いかにも面白そうな男だ。

周兄弟は、日本人と会ったり、話をするのは初めてなのだろう、いわゆる礼儀もお構いなしで挨拶もろくにせず、いきなり用件を話し始めた。

「大山田さん、これを売りたいのです。私たち兄弟は、売るルートも何も知りません、だから、貴方の知恵を借りたいのです。中国人ではなく日本人に売りたいのです。今は、大山田さんだけにこの秘密を打ち明けていますので内緒にしてください。どう販売するかは、お任せしますので、日本へ帰ってから返事をお願いします」

そう言って、

「この場所ではちょっと都合が悪いので、あの向こうの隅へ行きましょう、これを見せますから」と言って、少し薄暗い隅の席へ移った。そして、弟の周家敏が、大事そうに持っていた二重三重に包まれていた重い大きな包みを私に渡してくれた。

あっ、これは重い。五、六キロあるだろうか。その包みを開けると、

「えっ⁉」というのが精一杯であった。

それは、きらきらと光り輝く金塊であった。これは、すごい！

金色の光が、私に向かって輝いていた。こんな迫力のある金色は、初めて見た。何も言葉が出てこなかった。

馬の形をした金である、みやげ物で売られているように、置台の上に馬が乗っており、その置台には刻印もされてある、本物に見える。信じられない気持ちに襲われた。

「これは、中国王朝の財宝でしょ、つまり国の財産ではないのですか？」

「わかっています。でも、我々が探し当てたんだ。国、地方自治にこの事実を話してどうなる、話が大きくなって、たちまち御用だよ。万事が御用だよ。大山田さんもわかるだろ？」とは言うものの、私にはあまりの大きな案件で、驚きが先立ち、ビジネスどころか、自分が向かい合えるようなことではない。異様な雲行きになってきた。

「だから、信用できる大山田さんに一度この現実を見てもらって、意見を聞きたいのです」

　これまで、何回となく電話をかけてきた弟の家敏は、私と会えてほんとうによかったと言う安堵感を表情に表して、真剣に話しかけてきた。兄の千興も、満面の笑顔で迎えてくれた。

「私は広東省江門という所から来ました。大山田さん、この日を心待ちにしていました。ただこの事は誰にも口外しないでください」

　見るからに、質素な身なりでいわゆる中国工場内で働く一人の労働者としか見えなかったが、話しぶりは、実直そうで嘘をついているような雰囲気ではなかった。

「大山田さんは、信用できる方と聞いたので、会いに来ました」

「でも、私は、深圳市の鄭金起さんとは誰なのか、思い出せません。本当に彼が私を紹介したのですか？」

「覚えておられませんか？　鄭さんの話では、一年前に大山田さんとは数人の友達と一緒に、二度ほどしか会っていないが、日本人には珍しく中国人をよく理解してくれる、本気で話ができる数少ない日本人の一人だ、と聞きました。だから、貴方を指名したのです。私の話を聞いてください。私は、この純金である金塊数十個を江門で掘り当てました。これを大山田さんに売ってほしい」

三十代と思しき周家敏は、平然とした態度で、言い放った。

私はただただ、仰天するばかりである。一瞬腰が抜けるというのは、このことだろうか？

この黄金の輝きは凄い。驚きの光景だ。

けれども、この人の話は本当の話だろうか？　どうしてこんな秘密の話を私にするのだろうか？　もしや私をだます計略であろうか？　いやいや私をだましたところでいくらになるのか、考えてもわかる筈だ。

ドキドキしながら、周家敏の次の言葉を待った。

「どこへでも持ち出して売ってほしいのです。中国国内で掘り当てたことは、秘密にしてほしい。中国では売れないからね、そして、内密に売ってお金にしてほしいのです」

なんと返事をすればいいのか、言葉を失った。自分には、そんな高価な、貴金属品を扱った経験もないし、ルートもない。誰かと間違っているのではないかと、またこの話を疑った。

「儲けは、折半しましょう。私は、半分だけ貰えばいいから、後は、売れる値段で売ってください」

周家敏は、言いたいことを一方的に話し続けてくる。

「でも、私には、そんな代物を売るルートはないですよ。私を信用してもらっても、お手伝いはできないかも？　そんな経験もないのだから……」

「金持ちのお客さんを探してくれれば、いいのです。広州市へ行きましょう。掘り当てた金を見せてあげますから。そうすれば安心しますよ」と言いながら、目的地の広州市へ向かった。

よく耳にする広州人の特徴は、度量が大きく「包容力がある」といわれる。商売上手としても有名である。それだけに商売にはどん欲である。

第六章　周兄弟との出会い（その二）

私は、以前に一度、広州市へは来たことはあったが、そんなに大きい街という印象はなかったが、今は想像以上に人にあふれ、食の街なのだなと感じた。繁華街から二十分ほど離れた小さな路地裏を歩いていく。そして、ある小さな建物の前で止まった。小さな古ぼけた家の玄関へ到着、部屋の鍵を開けると、薄汚い部屋が数部屋目に飛び込んできた。各部屋が全て見渡せることができ、仕切りの柱がいやに目立つ。とても人が住めないような一種の倉庫らしい部屋ばかりであった。

周家敏が、ポンポンと背中をたたき、

「大山田さん、こちらへ来てください。ここに掘り当てた金塊が筵《むしろ》に包んであるから、見てください」

兄の千興が、二重三重に覆っている筵をそろりと持ち上げた。キラキラと、いきなり金の輝きがいっせいに自分に挨拶しているかのように、輝いて見えた。勿論、私には初めての光景で、くらくらっと目がくらんだ。

「えっ！」としか声が出なかった。本当にこんなたくさんの金塊が見つかったのか？

驚きと同時に、金のキラメキに魅了された。馬、猪、羊、虎……という十二支、戦国武士像、建物、亀、鯉とか数種類をかたどった置物であった。これらは財宝として、装飾品として埋蔵されていたのであろうか？

昔の王朝時代の文化、優雅さが忍ばれる。

この金の輝きをなんと表現したらいいのだろう？　四十個、いや五十個ぐらいの金塊が積み重ねている。

「本物だよ、この広州市内から数百キロあまり離れた江門で探し当てたんだ、まだ見つかるかも知れない。これで、私たちの言う話がでたらめでなかったことがわかるだろ？」と言って、深圳市と同じ金塊を見せてくれた。

ピカピカに光っている。それにしても、思っても見なかった光景に出会うものだ、日本では、とても考えられないことと思う。中国の歴史の重さを感じられずにはいられなかった。そして、次に驚かせたのは、金を溶かす様子を実演して見せてくれたことだ。

様々な形相の動物、人形、建物の金塊からまず一個を右手に持ち、隣の部屋へ進んだ。この部屋は台所になっていた。その下にプロパンガスがあった。すっと、コンロに火をつけて横にあった風変わりな鍋を取り出し、その中へ金塊をそろりと入れた。金は、平面状にいくらでも伸ばせる非常に扱いやすい金属で、それをいわゆる金箔の状態にするのだと言う。

ふつふつと煮え立つ鍋の中へ入れられたこのきらめく金塊はすぐに溶けることはない。最高と思える高熱となった鍋が七、八分経過した頃だろうか、トロトロに溶けた金箔を今度は延べ棒の形に変えるべく加工されている細長い筒式の器へ移しかえ始めた。そうすると、流し込んだ棒状の四角い金塊が出来上がってきた。少し時間を置いて、この金に水をかけると熱から冷めた立派な金の延べ棒（ゴールドバー）となる。

手で触って見ると、サラサラ、ツルツル、手触り最高のピカピカな光沢を放つ金である。

二十四金は、例えば貨幣の材料として色々な物資があるが、金が一番よいのは硬くて壊れないし、延展性があって自由に成型したり刻印を施したりすることが出来る、熱で溶かすことが出来るし、適当な大きさにすることも出来、運搬、計量にいずれも都合がいい、そこで貨幣に金が使用されたと、言われている。

市販されている二十四金は、刻印がされているが、周兄弟精錬の金の延べ棒には刻印はない。

きらきらと輝きを放つ金は、言葉に言い表せない、どんな光沢にも勝るとも劣らない色に見える。凄いと言う言葉しか見当たらない。

どこで金を溶かす工法を練習したのかと思えるほど、結構手馴れている様子で、市販されているような金の延べ棒と同じようにしてしまった。

誰かの教えがあってこうしたのだろうが、周兄弟は、このような技術をどこの誰かから伝授されたのだろうか。

「この延べ棒の状態で売ってほしいんだ」

人を魅了してやまない光を放つ、これが金の魅力なのだろうか？

一個の金塊でこの光の輝き、それがこの薄暗い部屋でも数十個積み重なっているので、その輝きのすごさは、素晴らしい。

じっと見ているだけで、晴れ晴れとした気分にしてくれる魅力がある。

ざっと、一個五、六キロとして、現在の相場に照らし合わせると、この数量だと数億円はくだらない計算になる。数億円の輝きと言うところか？

「こうして、延べ棒にしておけば、手軽に販売できるし、在庫も簡単、まさか掘り当てた金塊を溶かして製錬されたとは、誰にもわからないだろう。これを一本単位で、売るのです」

この金塊一つが数千万円の価値があると思うと、ぶるっと身震いがした。

「大山田さん、見てのとおりの製錬を我々二人で作り上げるから決して他言してはならない。私たち以外の中国人には誰にもしゃべっていないから。大山田さんを信用してこうして見せているのだ、我々のことを信用してほしい。凄い金の輝きだろう？

この金塊を広州の南、江門で掘り当てたんだ。我々は、その地域で働く日雇い労働者で毎日朝早くから夜遅くまで働いている、一日いくらもらえると思う？　五十人民元（日本円換算で約六百五十円：二〇〇六年当時）もらえるだけ。昨日、今日とわざわざ休みを貰って大山田さんに会いに来たんだ。その町からここまでバスを乗り換え、十八時間も費やした。二日も休んだので、明日は必ず仕事に行かないと怪しまれるから今から夜行バスに乗って帰るが、大山田さんにこれを見てもらって、信用してもらいたかったんだ」

その話を聞いてただただあきれたが、そんな遠い江門から来たと聞いて、周兄弟は、藁にも縋る思いで私に会いに来たのだろう。本当に、頭が下がる思いがした。

「まだ発掘途中だから、近辺からまだ見つかると思う」

「是非、埋蔵されていたその場所へ案内してほしいけど、できますか？」

「いいけど、今は変な動きをしたくないので、全て掘り終わってから、連れて行ってあげるよ。辺鄙な山間で掘りあてたのだ」

「このことは家内にも内緒にしているし、この事実を知っているのは、兄と私と、大山田さんの三人だけだ。本当に秘密にしてくださいよ」と念を押された。
そう言って、弟の家敏は、私の両手を握ってきて金塊の切れ端を持たせた。
「本物かどうか、日本で鑑定をお願いします」と、満面の笑みを浮かべた。

第七章　周兄弟との出会い（その三）

「では、ご飯にしましょう」と言って、近くのビジネスホテル風の玄関口の隣にある屋台で食事をすることにした。テント屋根で覆われていて、テーブルが十卓ほど並んでいる。開放的だがそんなにきれいといえない場所だった。

「こんな料理は食べられますか？　私は、日本人と会うのは初めてだし、一緒に食事するのも初めてだから、日本人が好きな料理は知らないのです。口に合いますか？」と言ってきた。

「私は、海鮮料理なら何でも食べますから、大丈夫です」と言うと、すぐにメニューを見ながら注文してくれた。

エビ、カニ、野菜、ほうれん草、フカヒレスープ、蒸し餃子などを小娘《こむすめ》が運んでくれる。小娘たちは忙しそうにしている。南国特有の椰子の木、フェニックスが生い茂るなかでテーブルが並んでいる夜の屋台村、ここは南国、異国の地だ。私は、運ばれてきた料理に箸をつけ食べ始めたが、周兄弟の方は、遠慮しているのか、普段食べ馴れていない味なのか、箸をつけてからあまり食が進まないように見えた。

広東料理は、一般にあっさりとした淡白な味で日本人に好まれ、「食は広州にあり」と言われるように、広州が本場と言われる料理も多くおいしい。

「私は、日本がどういうところか知らないけど、美味しいものがたくさんあるのでしょうね」

「日本のお酒の味は中国とどう違いますか」とか、

「日本人はたくさんお金を、持っているんでしょ」とか、日本のことを次々と尋ねてくる。

「私たちは、貧しい田舎から出てきました。でも私たちよりもっとかわいそうな農民、田舎者が中国ではたくさんいます。この広州へは近くの省はもとより、遠くは四川省の西安市から出稼ぎに来ている人もいます。中国ではまだまだバスも通っていない、電気もない、そんな山奥の地域に住んでいる人がたくさんいます。中国の正月には、皆楽しみに田舎へ帰るのですが、バスを何回も乗り換え、何時間も揺られて、山を越えて帰るのです。私たちもここへ来るのにバスを四回乗り換えて広州へきました、広州へくるのは、これが二回目ですが、この街には知り合いがありません。だから、広州はどんな町か、どんな料理が美味しいのか知りません」と話しながら、まじまじと私の食べる様子を見ているようで食がなかなか進まない。

「こんな大量の金を一回では売り切れませんよね、どういう方法で売るのですか」と聞いてみたが、

「まだわかりません、中国人ではなく、外国人に売りたいですから」と又同じ返事が返ってきた。

「これは、中国内で掘り当てたので、それを無断で売るとなると罪になりますよね」と言うと、

「わかっています。私たちは、学がないから、何も考えずに売ってしまいます。する

とすぐに捕まってしまうから、相談しているのです。本当に中国人には内緒にして、知られたくないのです」と、同じ事を繰り返して話してくる。

「周さん一人で見つけたのですか？」と問うてみた。

「これは、兄の千興が掘り当てたんです。毎日、数人で組を組んで土木作業の仕事をするのですが、たまたま見つけた日は、組と離れ兄一人で土木作業をしていたのです、地面から一メートルほど掘り下げたところ、光を放つものを見つけたので、はっと思いました。まさか、金とは思いませんでした。付近は軟らかい粘土状の土で囲まれていたので、土を手で掻き分け正体を確かめると、なんとそれは、非常に重い金色をした虎の置物ではないですか。土を払いながら、手にとり刻印をみてみると、文字がはっきりと読めるし、実に見事な光を放つ金塊であると、そのときわかりました。まさか、こんな田舎農民の手に渡るとは、と疑いましたが、一瞬どうしようかと迷いました」と言う。

「びっくりすると共に、わからないように独り占めしたい欲望が出てきて、この場所を掘りあげた土で、又埋めなおしました。そして、二、三メートル離れたちょっと盛り上がった場所を掘り始めました。これは、カモフラージュするための穴掘りです。こうして、同じ組の仲間に怪しまれないよう見つけた場所の付近に近づかないよう気を配る日々が続き、どうしていいかわからないから、弟の私に相談があったのです」と、話し出した。

「それからの毎日は夜もろくに眠れずに、金の夢、掘り当てたこの場所の夢ばかり見ていました」

「どのようにしてその金を運び出したんですか？」

「これが一番の問題でした。掘り当てた金を一箇所に集め、小さな穴を掘り、埋めました。そして上からすぐ見つからないように、草木をかぶせ保管していました。この保管場所から、二日に一回の割合で、兄と二人で、交代でバイクに乗り何回にも分けて、筵で何重にも金塊を包んで夜に運びました。誰にも知られないように保管場所を何度も変えました。まとまった数量を運び終わるまで一ヶ月以上は掛かりました。その頃に貴方に電話したのです。大山田さん、私たちは、大金持ちになりたいわけではないのです。その日その日の生活をするのが精一杯なので、少しでも早く金塊をお金に換えて今よりいい生活をしたいだけなのです。我々の今の生活は惨めなものです。朝から晩まで肉体労働、あとは寝るだけの生活。まったく夢も希望もない毎日の連続です。そんな時、金塊という天からの授かりものを得たのです。ですから、他の中国人には知られたくないのです。このことが公になれば、中国人は、大騒ぎして大変なことになるでしょう、そうでしょう？　大山田さんも、貧乏な中国人の生活はどんなものか知っているでしょ。農民と都会の生活格差があまりにもまだ大きすぎます。毎日汗を流して働いても、我々農民の生活レベルは一向に向上していないのです。ずっと我慢しているのです」と、切々と訴えかけてきた。

中国が抱えている現実を直視しているような問題に思われ、私は、〝うんうん〟と頷いた。

続いて、周さんは、

「正にこの金塊は天からの恵みなのですよ。やっと、お金と縁が出来たのです。この金塊を売って何が悪いですか？」と言う。

「そうです。こんな幸運は、世界人口六十六億分の一か二かの確率で、あなた方兄弟に与えられたのです。金塊を掘り当てたことは、とても素晴らしいめぐり合わせなんです。是非とも、お二人には、幸せになってほしいと思います。が、しかし、この金の延べ棒を合法的に販売できるかどうかが大問題です。この問題をクリアにしない限り、私はお手伝い出来ないでしょう」と、答えるしかなかった。

三人の会話は二時間ぐらい続いただろうか、周兄弟は、「そろそろ、帰らないといけませんから」と言って、両手で握手を求めてきた。

「再見（さようなら）！　再見！」と、お互いに手を振りながら別れた。見るもの、聞く話が中国的といえば、そうかも知れないが、この日の出来事は偽りのない現実なのだ。

周兄弟の話もまんざら嘘とは思えないし、本当にこの驚くべき金塊を見つけたのだろう……。中国という国の歴史の深さ、重さを、そして中国と言う国の広大さに改めて驚かされてしまった。

これは、間違いなく昔の王朝文化の財宝に違いない。それが今掘りおこされるとは？

第八章　帰国後の出来事

早速、私は日本で金を取扱う宝石店や貴金属店へ出かけて、鑑定をしてもらうと、結果は二十四金の立派な本物の金であった。あたかも、自分が金を探し得たかのような気分で、うれしさがこみ上げてきた。

折良く、鑑定結果が出た翌日に、周さんから電話がかかってきた。

「結果はどうでしたか?」

「結果は、二十四金と判定されましたよ。本物です」と答えると、

「大山田さん、ありがとう。また、すぐ広州へ来てください」

平凡な毎日に、思わぬ奇妙な話が舞い込み、今の閉塞した毎日に、グサッと、何か

得体の知れぬ巨大なものが突き刺さった。

私は、今回の出張ほど思いがけない、そして信じられない現実をみて、興奮しながら帰国したことはなかった。

早速、香港の日岳佳代へ電話してみたが、また不在であった、奇妙としか言いようがない。どうして連絡がつかないのだろう、一抹の不安とともに残念さが残る。

そうして数日後、香港から電話があった。

「日岳です。香港へこられていたのですね。私は、どうしても手が離せない急用が出来てしまって、電話も出来ませんでした、ごめんなさい。今度は、いつ香港へこられますか?」

「深圳での商談話が増えてきているので、近いうちにまた香港へ行くでしょうから、そのとき会いましょうか」

「そうしましょう、大山田さんはダンディな方と聞いているのでお会いするのが楽しみです。」

「そんなことないですよ、あなたこそ美しい女性と聞いていますよ」

「誰からそんなこと聞きましたか？　何はともあれ、今度は必ず会いましょうね」

「そうします、楽しみにしています」

例のごとくドキドキしているものの、何かあっさりとした会話だった。

香港から帰国後は、会社の仕事が一層忙しく、なかなか金塊の事を集中して考える時間もなく、周兄弟の金塊話の件も積極的に動く気になれなかった。そんな時に思いもかけず、また日岳佳代から電話があった。

「今、東京に来ています。大山田さん、日曜日に東京へ出てきてお会いすることは出来ませんか？」

あまりに急な電話なので、びっくりしたが、常々早く会いたい女性であったので、「東京に来られましたか？　日曜日ですか？　今のところこれと言った用事がないので、東京へ行きますよ」

「有難うございます。それでは日曜日のお昼十二時にお会いできますか？　今、私は東京〇〇ホテルの一五〇八号室にいますので、到着次第お電話ください、きっとですよ。約束ですよ」と、今日はやや強い口調の早口で話しかけてきた。

その時、男女と思しき中国語が飛び交う会話が電話口から聞き取れた。一瞬何かただならぬ雰囲気が感じ取れたが、佳代さんが、まさか危ないことに関わっているという予感など今は感じなかった。

そして、電話が続く。

「実は、大山田さんにお願いとは、中国で見つけた金塊を日本で売ってほしいのです。金塊は今広州にあるという話です」

「そうでしたか？」

不思議にも、この話を冷静に聞き取れた。

「私に出来ることかな？」

「出来ますとも、大山田さんなら大丈夫だと思っています。だから、きっと来てくださいね」と一旦言葉を切り、

「前もって香港から電話して連絡したかったけど、急に東京行きが決定しましたから、時間がなかったんです」と続けた。

「私の友達で何日河《ふうじこう》という人が日本人を紹介してほしいと言ってきていますが、今回

彼とは一緒に来ていません。一緒に来て紹介すればよかったのですが。でもこの際、大山田さんとお会いして、是非大山田さんはどんな仕事をされているのか、一度聞いてみたい」との会話で、その日の電話は終わった。

さて、約束の日曜日。朝一番の新幹線で東京に向かい、アポの時間より三十分早く着いたが、ホテルの館内電話で、到着を知らせるべく部屋へ電話をかけた。ところが、誰も出ない、フロントに聞いてみると、

「先程、チェックアウトされました」と、言うではないか。驚いた。

「何時にチェックアウトされましたか?」

「はい、時間は十時三十五分になっています」

「有難う」

お礼を言いながら、

「中国人で、周家敏という方は泊まっていませんか」

とつい口に出して、聞いてみた。ちょっと待ってくださいといって、一、二分ほど掛かったが、

「はい、そのようなお客様はお泊りになっておりません」

そうだよな、周家敏は、パスポートも持っていないのに、どうして東京へ来られるのか？

質問した私がおかしかったと頭を掻いた。

しかし、どうも納得できないまま、数分ごとに日岳佳代の携帯に何度も電話してみたが応答がなかった。

今日は、全く連絡が取れなくなったので、仕方なく神戸へ帰ることにしたが、狐につままれたようで、合点がいかない今日一日を悔やんだ。

何か複雑に絡み合う謎に巻き込まれるような予感を感じ始めた瞬間である。

最近、新聞を読んでいても、「財産として金に換えませんか？　金は一番の財産保全」という見出しがよく目に留まる。

〝美味しい話は、本当にままならぬものだなあ〟と、私は一人で力なく笑いながら、〝私には御用なしかな〟と、一言口に出した。その一方で、肩の荷が下りたような、全身の力がすっと抜ける感じになった。周兄弟からの電話連絡も帰国以来、プツリと途絶えてしまっている。

私は、一、二度こちらから周兄弟へ電話してみたが、「この電話番号は現在使われておりません」という中国語の応答メッセージが繰り返されるばかりであった。

しかし、今でも広州で見た金塊の凄い輝きは、ずっと瞼に残り忘れられない。

第九章　佳代の行方不明

　翌日の月曜日から仕事が始まったが、日岳佳代の存在が気になって頭から離れない日々が続いたので、水曜日に気晴しのためラウンジクラブ「K」へ行った。ちなみに「K」という店名の由来はママの本名である小早川慶子の頭文字とのことだ。

「K」のママは、すでに私の名前を覚えたらしく、

「いらっしゃい、大山田さん」と、いつもながらの笑顔で迎えてくれた。が、同時に、

「大山田さん、覚えているでしょ、うちにいた鈴ちゃん。彼女のお姉さんが行方不明らしいのよ」

「えっ」頭の中が真っ白になる仰天ニュースを教えてくれた。

「二日前に警察から電話があって、鈴ちゃんとお姉さんのことを私に尋ねてきてわかったんだけど何かあったんですか」と聞くと、

「東京のホテルで行方不明になったと、書き置きや遺書のようなものはないが自殺か殺人事件の可能性も含めて調査していると、言ってたわ」と驚くべきことを言う。

「鈴ちゃんがああなったでしょ、それなのに今度はお姉さんも……。この数ヶ月も経たないうちに、二人の可愛い姉妹がひどい目に遭ってしまうなんて可哀想すぎるよ、誰からも好かれる本当にいい娘さんだったんだから。このニュースを聞いて、私涙が止まらなくて、なんて不幸なめぐり合わせなのかって」ママは続けて、

「実はね、私も鈴ちゃんと同じ北海道、函館出身なの。だから、この姉妹のことは、他人事には思えなくて、本当に悲しい。鈴ちゃんが亡くなり、お姉さんまで行方不明なんて……人生はなんと無常なの？」と、しくしくと涙声になって話してくれた。

「ママさん、同感です」そんな言葉しか言えなかった。

　自分も母子家庭で育ち、日岳姉妹と重なり合うことがあり、今までの苦労が手に取るようにわかるし、せめて姉さんの佳代さんと会いたかったのに、残念の一言に尽き

る。

「私は、先週の日曜日に東京のホテルで佳代さんと会う約束をしていたんだよ、それが……」とポツリと口に出した。

「そうなの、大山田さん。いつの間にそんな約束をしていたの、貴方たちも不思議な縁を持っているのね、なのに、どうして佳代さんが行方不明なんて……」

広州の周兄弟の金塊騒動から始まり、思いもかけぬ事件の連続で、私はため息をつくばかりだった。

第十章　何日河《ふうじこう》という男

その後、私の会社宛に大山田雄一郎様と個人の名前で書留が来た。香港の日岳佳代からだった。行方不明の知らせから数日が経過しているのにと、不思議に思いながら、手紙を読み始めた。

「突然の手紙で失礼致します。お会いして、私が大山田さんにお願いしたいことを説明します。私の友達で何日河という人がいますが、広州で金塊を探し当てたので、この話を秘密にして売りたいけど、信頼できる日本人を紹介してほしいといわれたのです。私も香港に在住する何人かの日本人を知っていますが、一長一短で誰にすればと考えていたところ、貴方を思い浮かべました。まだ一度もお会いしていないのに、貴方を指名するなんて非常識に思われるかもしれませんが、妹から聞いていた言葉が非常に重く心に残ったからです。朋子が付き合っていた岡さんとは、数回お会いしました。あの方も実直でいい方でしたが、貴方はそれ以上に人間味のあるすばらしい方と岡さんと朋子の両方から聞いていました。

まだ見ぬお方ですが、素敵な大山田さんと逢いたいと強く印象に残りました。そして、今回の連絡に至ったわけです。この手紙をお読みになるときは、すでに東京でお会いして金塊の件はお話をしていると思いますが、もし、何らかの手違いで行き違いがあれば、ご迷惑をお掛けするかも知れないと思い、念のため何日河さんの連絡先を、以下にお知らせします。

香港の電話番号：〇〇〇〇

彼は日本語は話せません。何日河さんには、貴方の連絡先などの個人情報は一切教えていませんので、ご安心ください」

という内容だった。

まるで、自らの死を予言しているかのような内容で、あまりの偶然に唖然としてしまった。まさか……日岳佳代は、殺されてしまったのだろうか？

金塊の件にも関わりあっていたのだろうか？

疑問は絶えないが、真相も知りたくなってきた。しかしながら、日岳佳代は行方不明となっているのだから連絡がとれない。彼女の要望に応えるためにも、一度何日河という人物と連絡をとらねばなるまい。

数日後、日岳佳代の強い願いに背中を押されたのか、思い切って香港の何日河に国際電話をかけてみた。

「私は、大山田といいます。実は、香港の日岳佳代さんからの紹介で初めてお電話していますが、今お話できますか？」

と北京語で切り出してみた。

何日河は、少し驚いたような様子で、一呼吸おきながら、

「はい、私から日本人を紹介してほしいと日岳さんにお願いをしていました。大山田雄一郎さんのお名前は聞いておりました。実は、広州で金の財宝を掘り当てたので中国国内ではなく海外で売ってほしいのです。私が掘り起こして、私がもっているわけ

ではないですが、金は、今広州の倉庫に保管されています。二十四金の純金ですよ。この話は中国人には話せないですから、信用できる日本人にお願いするのです。秘密の話ですから他言しないでください。公にしたくないのでごく親しい人だけに打ち明けています。大山田さんに貴金属を取り扱っている信用できる日本人を探してほしいのです。紹介してもらえれば、その後は私自身で話をすすめます」

「そうでしたか。では、何日河さんは日本へ行ってお客さんを探していないのですか？」

「はい。信用できる日本人の紹介は日岳さんにお願いしていましたから、私自身まだ探していません、でも、貴方が紹介を受けた本人なら話は早いですよ。私は今香港にいます。大山田さん、香港へ今度いつ来られますか？　会ってお話をしてから、金塊のある広州へ道案内します。自分の目で確認できます。私は、今香港と広州を行き来しており、連絡もらえればいつでも会うことが出来ます。今、すぐ香港へ来られる日を決められませんか？」と、早く会って事を進めたいと早口で話をしてきた。

「難しい相談ですね、私には金のような貴金属を扱うような知り合いもありませんし、風詠社の本をお買い求めいただき誠にありがとうございます。
この愛読者カードは小社出版の企画等に役立たせていただきます。

本書についてのご意見、ご感想をお聞かせください。

①内容について

②カバー、タイトル、帯について

弊社、及び弊社刊行物に対するご意見、ご感想をお聞かせください。

最近読んでおもしろかった本やこれから読んでみたい本をお教えください。

ご購読雑誌（複数可）	ご購読新聞
	新聞

ご協力ありがとうございました。

※お客様の個人情報は、小社からの連絡のみに使用します。社外に提供することは一切ありません。

郵便はがき

料金受取人払郵便

大阪北局
承認

1635

差出有効期間
2025 年 1 月
31日まで
(切手不要)

5 5 3-8 7 9 0

018

大阪市福島区海老江5-2-2-710

㈱風詠社

愛読者カード係 行

ふりがな お名前			大正　昭和 平成　令和　　年生　　歳		
ふりがな ご住所	□□□-□□□□				性別 男・女
お電話 番　号		ご職業			
E-mail					
書　名					
お買上 書　店	都道 府県　　市区 郡	書店名	書店		
		ご購入日	年　月　日		

本書をお買い求めになった動機は？
1. 書店店頭で見て　2. インターネット書店で見て
3. 知人にすすめられて　4. ホームページを見て
5. 広告、記事（新聞、雑誌、ポスター等）を見て（新聞、雑誌名　　　　）

そういうパイプも持ち合わせていません。信用できる人と言っても、私がお手伝いできる範囲を超えていると言わざるを得ません、申し訳ないですが、私にはできません」と伝えると、

「では、別のお手伝いをしてもらえませんか」と言って、切りかえしてきた。つまり、「保管場所は、広州ではなく江門市なので、こちらでマカオまで川に沿って船で金塊を運びます。マカオに到着後日本人の手で売ってほしいのです。中国人と違って日本人のほうが信用ありますから、こういう計画を立てていますが、どうでしょうか？これなら、法に触れないで海外へ販売できると思うのですが」と、予想すらしなかった話を仕掛けてきた。

　何日河は、機転がきく頭のいい男のようだ。なるほど、江門からマカオまでは河川で数百キロしかない、マカオは外国ではあるが、中国から河を使って運べば、マカオから国外へ持ち出せないことはない。

「なるほど、立派な計画をもっているのですね、驚きました。でも、この金塊は中国の国宝、財宝なんでしょう。勝手に持ち出すことは法に触れると思いますが、どうな

んですか？」

「だから合法的に事を運びます。それは、私のほうで手配しますから心配に及びません。マカオに集まった金塊を売ってほしいのです。買ってもらえる信用できる日本人のお客さんを紹介してほしいのです。それだけです。貴方が売らなくてよいのです」

と言う。

続けて、何日河は、「事を難なく進める方法はいくらでもあります。中国人は金儲けとなれば色々なつながりから知恵が浮かび、工夫すると、結びついてくるものです。日本人には考えられない発想で事を進めることが出来ます。しかし、中国人同士でも信用できない部分がありますから、今こうして日本人に、信用を求めているのです」

と、いかにも理路整然と聞こえる自分の日本人感を展開してくる。

「そうでしたか。しかし私には金の販売経験がないので出来ません。ごめんなさい。法にそぐわないことを、日本人の私が外国で行うことはできません」と、断った。

そして、次の事を聞いてみた。

「どんな状態で見つかりましたか？　鉱山などで掘り起こす砂金の状態としてですか、

それとも形にされた状態でしたか?」

「市販されているいわゆる金の延べ棒の状態になっています。純金であることは検査済みです。現在この事実は限られた方にしかお知らせしていません。大山田さん、海外へ販売する方法はないでしょうか?」

「うーん、これは難しいですね。まだその金は販売できていませんか?」

「はい、お話したように、限られた方にしか話していませんから、金の延べ棒が数十個まだ保管状態です。中国人に話して公にされたくないのです」と言う。これは全く周兄弟と同じような話だった。しかし、不思議とは思いつつも気にならず、話ができた。

「是非、香港か広州でお会いして話をしたいですが、今度いつ香港へ来られますか?」

と聞いてきた。

が、今度は、私から話題を変えた。

「ところで、日岳佳代さんが、東京で行方不明になった事件はご存知でしょうか?」

と聞いてみた。

「ええ、聞きました。大変なショックを受けています。あんな元気な方が考えられません。何かの事件に巻き込まれたのかも知れません」

「事件に巻き込まれているとすれば大変なことです。誰からこの情報を聞きましたか?」

「はい、日岳さんの友達です、香港在住の日本の方ですが、とても二人は仲がよく私も何回か会いました。近藤さんと言いますが、ご存知ですか?」

「いいえ、知りません。その方にその後の消息を尋ねればわかりますか?」と言って、近藤という人物の連絡先を教えてもらった。名前は、近藤蓉子、同じく香港在住である。

私は、日岳佳代のことが、気にかかり、近藤さんへ電話をかけてみることにした。昼間は、仕事をしていれば不都合になるので、夜の八時、日本時間なら二十一時（日本と香港との時差は一時間）に電話を掛けた。

「はい、近藤です」と、きれいな英語での応答である。

「もしもし。私は大山田と申します」と日本語で話し始めた。

一連の事件のこと、まだ一度もお会いしていないことなど、一通りの事情を話し終わると、

「日岳佳代さんが、行方不明なんて信じられません。あの方は、日本で身寄りがないので、香港へ来られて十数年なんです。非常に明るくて、気丈夫な方ですから」

「彼女は金塊の件を、近藤さんに話をしたことがありますか」

「いいえ、初耳です。そんなことを、大山田さんに相談していたのですか？　びっくりしました。東京でどうしても直接会って大山田さんに相談したかったのでしょう。さぞかし無念だったたと思います」

そして、

「私と日岳さんは、以前同じ会社で働いていた同僚です。彼女は、英語は勿論、北京語、広東語を話すトリリンガル（三ヶ国語を話す）です、なかなかの才媛ですばらしい女性です。彼女は、深圳、広州方面の広告取りの仕事が大変忙しくなってきて、私も最近会っていませんが、日本にもその関係で行ったのでしょう。ところで、大山田さんは、日岳さんとは、どういうお知り合いでしょうか？」

「はい、私は日岳さんの妹さんの知り合いの者ですが、まだ日岳さんとはお会いしてないのです。しかし、先日の日曜日に東京で会う約束をしていたのです。それが会えないなんて……」と、しか言えなかった。

「それからすみませんが、何日河さんは、どういうお仕事をされている人ですか？　支障なければ教えてください」

「何日河さんは、広州生まれで、今香港と広州を往来されています。○○○新聞社の方です。地方新聞ですが、広州のほうでは有名らしいです。頭がよくて面白い方です。佳代さんとは仕事の関係もあり、大変仲良くしていましたね」

そうだったのか、何日河は新聞社の人？　成程、考えること、たずねてくることは、つぼを心得ていると、感心した。

なんともしっかりした近藤さんの話しぶりに、そうですか、と何度も相槌を打ちながら聞きいった。

何日河は地方出身で貧しい家庭の六人兄弟の長男であるため、早く金を貯めて家族を呼んで一緒に住みたい願望を持ち、今まで育ててくれた両親に感謝し、早く喜ばせたいという強い思いで広州へ職を求めてやって来た経歴の持ち主である。運よく新聞社に入社できたのは彼自身の勉学の賜物で、早くから自由な香港で生活、仕事をしたいという夢がかなったことになる。偶然、広州の取材中に佳代と出会ったのである。お互い貧しい環境からつかんだ仕事で、よく似た環境が二人を結びつけたのかも知れない。

「今後、日岳さんに関する新しい情報があれば、教えてください」とお願いをして、私は電話を切った。なんとも言えぬ虚脱感が残った。

第十一章　金塊探しへ（その一）

その後、私は毎月香港へ出張するようになった。いつもながら、嘉林工業有限公司を訪問しているとき、台湾からの来客である梁堅邦《りょうけんほう》（台湾高發国際有限公司、総経理＝社長）と出会った。彼とは、いままで数回出会っているが毎回お互い出張中であった。現在は仕事での直接のやり取りはないが、不思議と気が合う。この時も晩飯を一緒にしようとのことで、嘉林工業の兄弟（翁火丁《おうかちょう》、翁建栄《おうけんえい》）を交えて、尖沙咀《ツィムサーツィ》で、ダックが美味しい一流北京料理店へ行った。特別に飼育したアヒルを丸ごと大きな炉で焼き、その皮の部分をそぎ切りにして、食べると言う贅沢な料理だ。

今日は平日だが、結構客で込んでいて、さすが香港というところか。いつものよう

に社長の翁火丁がメニューを見ながら、

「大先生！（私を呼ぶ時は、大山田の漢字の最初の大《だー》と通常、男性を呼ぶときは先生《シエンション》を使う。総じて、『ダー・シエンション』という北京語の発音になる）」

「今日は、ワインにしますか、ビールにしますか？」と聞いてきた。

「そうですね、今日は、白ワインを飲みたい気分です」と言うと、台湾の梁老板《りょうらおぱん》（老板とは中国語で社長という意味）が、即座に「いいですね。今日の大先生は、自分から選んでお酒を決めましたね。何かいいことがありましたか？」

「別に、これといった出来事はないですが、今日は皆さんとちょっとワインを一緒に飲みたい気分です」

といった具合で、四人のうち自分が一番格下で、他の三人は会社の社長さんである。現在、私の社内での役職はまだ課長止まり。直属の海外部長には植山浩一が君臨している。勿論、海外出張には、植山部長の承諾が必要であり、出張報告書も義務付けられている。香港出張の際にはホテル予約を、いつも嘉林工業手配で二〇パーセントオフとなり、そしてなによりもうれしいのは、毎日、百万ドルの香港夜景を満喫できるハーバービューの部屋を用意してくれる事だ。だから、毎日、香港の夜景を天に仰ぎながら一日の癒しができる。こんなありがたい香港ならではの特典をいただいている。料理は順序良く、次々と運ばれてくる。それに従い、顔は紅潮してきてパッと程よい気分になってきた。

香港、台湾、そして日本の経済動向、景気の見通し等お互いの国の最新状況を発信して、少しでも前へ、先取りした情報を聞き取るよう、いつもどおり四人の会話が弾んでいた。

そのとき、ふと新しいビジネスの話が出てきた時、私が、

「実はね、この度広州の山林で発掘された金塊をこの目で見てきました、こういう現実があるのですね」と切り出した。

すると、台湾の梁堅邦が、

「私もその話は、一度聞いたことはある。私は自分の目で見たわけではないが、ある人は、金の財宝の一部を見たと話していた、だから、中国では、特に南部の広州地域でかなり埋もれている可能性があるみたいだ」

と、しっかりとした口調で、言い放った。

四人の会話は英語、中国語が飛び交う国際色豊かな面白い光景だ。

私は、香港の翁兄弟（嘉林工業）とは英語。梁堅邦とは、中国語（北京語）で話す。けれど、台湾の梁堅邦は英語が話せないので、四人で会話するときは、共通語の北京語で話すことになっている。愉快なことだ。


嘉林工業は、翁兄弟が会社を立ち上げ、今は堅実な会社に成長している。私と知り合い、取引を始めて、もう八年が過ぎただろうか？　当時、私はエレクトロニクス玩具を扱っており、香港向けに拡販できる代理店を探していた。その頃、この嘉林から興味があるとのきっかけで知り合い、お互いのビジネスを高めて、香港代理店の権利を彼らに与えたのだ。弟の建栄とは、私と同じ年齢ということもあり、一緒に仕事をしやすかったことが大きく影響したかもしれない。翁兄弟は日本との取引環境をよく理解して、どうすれば一歩先のビジネスが展開できるかを真剣に取り組んだ成果である。香港人は、よく働き、競争の激しい香港で金を儲けていくには、まずコスト競争に勝たなければならない、迅速な対応、タイムリーな顧客サービスも要求される、勿論、信用を積み重ねていかないと明日はないという世界だ。よく耳にした言葉に、「ノーマネー、ノートーク」がある。香港では、金が無い者は、話をするな、という例えがあるらしく、勝者、敗者で、金持ちと貧乏の立場を表現している。勝者が求められる社会なのだ。

梁堅邦は、立派な学歴こそないがいかにも台湾人らしい実業家である。こせこせしない、器が大きい、未来を見据えていつも夢を持っている男だ。

しかし、英語がしゃべれないのが欠点。我々日本、台湾、香港グループの四人の中で唯一彼のみが英語が話せない。しかしそのハンディを感じさせない仕事に対するバイタリティを持っている。今ある台湾工場を、中国の深圳市、東莞市、中山市へシフトさせ、成功しているのだ。私より二歳若い。

梁堅邦は、いつも上機嫌で、私の肩に手をかけて組んでくる、そんなフレンドリーな奴。そして積極的に新しいことに取り組む進取の精神を持っているのが魅力だ。

香港、嘉林工業の翁兄弟と私、そして、この梁を含めた四人は、義兄弟というべき仲のよい関係にあり、友達も兼ねたビジネスパートナーシップでも、深くつながっている。私は、嘉林工業の翁建栄の結婚式にも招待されたこともあり、中国人との親交を深めている。親交を深められることがビジネスを広げる意味でも大きな助けになっているることは間違いない。

「とにかく中国は嘘、騙しが多いし、話が誇張されることが多々あるので、どんなことでも早く話に飛びつくのは危険だよ。その中国人が信用できるかどうか、だな」と、翁建栄。

「でも、大先生が実際見てきたとなると、これは現実ということになる。掘り当てた中国人が、その金塊をどう処理をするのか聞きましたか？　中国から金を持ち出すのが難しいよ、これが問題だ」と、梁堅邦は話す。

「この金塊の話は、普通のビジネスストーリーとかけ離れているので、手を出さないほうがいいと思うよ」と、翁火丁が口を挟んだ。

とりあえず、この夜は、これ以上突っ込んだ話にはならなかった。

第十二章　金塊探しへ（その二）

翌日、早速、梁堅邦から電話で、

「昨日の金塊の件、一度ゆっくり話を聞きたいので、今日でも会えませんか？」と言ってきた。

今までの経緯を説明して、現在は周兄弟と連絡が取れなくなっている現状を話したところ、

「大先生、出来れば私と一緒に広州へ行きませんか。私の部下に命じて周兄弟の行方と金塊が見つかった場所を探すようにしますからできるだけ大先生が知っている事実を私に教えてください。私には、調査をするためのたくさんの探偵を現地で雇うこと

が出来ます。とことん調査できますので、この度の金塊発掘現場を見つけることができるかも知れません。断言はできませんが、可能性はあります。大先生は信じられないでしょうが、私には出来ます。面白そうじゃないですか。本当に彼らが言うように山から発掘されたのか、この目で見てみたいですね。大先生、一緒に金塊探しに行きましょう」

と、迫ってきた。

私は、周兄弟と連絡が取れない今、八方ふさがりの状態だったが、自分から進んで知りたいとは思っていなかった。しかし、梁堅邦の言葉には説得力があり、興味がわいてきて、背中を押された。

「では、持っている情報を提供しましょう」と、広州行きと、あの金塊が保存されていた路地裏の場所を探すことに同意した。それ以後は、梁さんが主導権をとって、どんどん私からの情報を現地の広州人に調査をさせるうちに思ってもみなかった事実が一つ一つ解明されてきた。まずは、広州市内の路地裏場所であるが、繁華街から東西南北方面と足を運び、私のかすかな記憶を頼りに何とか該当場所を探し当てた。梁堅邦の行動力、実行力はすばらしく、やると決めたからには、妥協をしない彼の強い意思の固さを見た。

梁堅邦は言う。

「大先生が出会った周兄弟の話が本当で、間違いなければ現場へたどり着けるでしょう」と言う。

まずは、周兄弟が金を保管していた路地裏の家を探し出した。そして次はその管理人を探す、管理台帳をみて誰が入居しているか特定までしてしまう。

調べていくと、この部屋の借主は、周兄弟名義ではなく、すでに他人の名義に移ってしまっていた。この部屋は五部屋続きとなっており貸し手は広州市内の住人で、林《りん》文華《ぶんか》という人物であった。今度は、林文華を探しだし、周兄弟の住所を教えてもらうことだ。ここまでくれば、梁堅邦はいとも簡単に江門市の住所を探し当てるだろう。

中国人は、IDカードの取得が義務付けられているので、名前、年齢、住所は嘘をつけない（時に、田舎から出てきた労働者は、このIDカードや戸籍を金で売るケースがあると聞いているが）。

いよいよ、周兄弟の住所がわかったので、今度はどこの住まいにいるかどうか？私は、梁堅邦と一緒に江門へ向かった。

周兄弟が話をしていたように、十八時間をかけてバスを乗り継いで、私に会いに来たと言う江門にまもなくたどり着く。未知の世界へ足を踏み入れると思うと、わくわくした気持ちになってきた。その江門へは、広州から高速道路で数時間ぐらいと言う。梁堅邦が手配をしてきたベンツで、いざ出発。勿論、運転手付きで現地案内人も同乗し出発した。私は、中山市、珠海市へは行ったことはあるが、江門市は初めてである。

車で揺られること二時間あまり、中心街に到着したが、目的地の周千興の自宅までは、さらに二時間ほど掛かるという。

勿論ここからは高速道路がなく田舎道の連続、ベンツなんてめったに見られない不釣合いの風景ではある。雑木林に覆われた山を越え、峠を越えて、やっとの思いで周千興の自宅までたどり着いた。

梁堅邦の出番である。

古びたコンクリートの家で、周辺一帯は、田畑に囲まれていた。梁堅邦は入り口の背が低い玄関を恐れもせず入って行った。私は、とても進んで家の中へ入ろうとは思わない。それほど、みすぼらしい住居である。待つこと数分、梁堅邦は顔の表情を一瞬こわばらせたような様子で、戻ってきた。

「周千興は、家に長い間帰っていないと言っている。広州へ出稼ぎと称して家を出てもう二ヶ月以上になるらしい。弟の家敏と一緒ではないか、と話している」

家を覗いてみると、家の中には電球らしいものは見えない、ここは、田舎でも少し生活レベルが低いのだろうか？　洗濯物は外に広げてあるが、薄汚れて見える。いくら洗っても黒ずんだ垢が取れないのだろう。横に並べられている服には、穴がたくさん空いており、ほころびを縫ったあとがいたるところ見え隠れしている。新しい服をなかなか買うことが出来ないのだろう。

玄関前は、蚊の一種なのか虫がブンブン飛び回り、ちくりと肌を刺してくる。手と顔が痒くなってくる。正体が知れぬ虫が飛び交うところだ。

近くに二人、おばあさんが小さな椅子に座っていて、我々が自宅へ入っていく様子には、まったく無関心でじっと前の風景ばかり眺めているだけの格好に見えた。

続いて、周家敏の家も訪ねたが、家人からは同じような返事であった。

「彼らは、金を探し当て、延べ棒にして一儲けして都会に住み着いたのだろうか？　この前会ったときには、この金塊の件は親や家内にも何も話していないと言っていたので、もうこの自宅には戻らないかもしれない。どう思う？」と梁堅邦に聞いてみたところ、

「そうかもしれないけど、私はあれほどの大量の金をすぐに売りさばいているとは思えない。まだどこかで潜んで販売の機会をうかがっているように思う。まだ、追跡する価値はあると思う。さあ、次は彼ら兄弟の働いていた場所へ行きましょう」そう言って、さっさっとベンツに乗り込んだ。

どうして周兄弟の仕事場を特定できたのかは、わからないが、運転手に地図を与え、場所を示して出発した。

コンクリート製らしい建物は、まだなかなか見えてこない。緩やかな山の登りと降りが続いていたが、四十分ほど運転してやっと小さな倉庫らしい作業小屋を見つけた。ここが、周兄弟の職場だったのだ。

山の峠を越えたところで、道路に沿って河川が流れている、のどかな所ではある。江門からの道程途中で、インフラ整備に伴う作業者の群れを度々見かけた。

ここは、人里離れた辺鄙な山間、見渡せば樹木に囲まれた山ばかりで、たくさんの原生林と思われる木が茂っている。昔の中国王朝を忍ばせる風景、財宝を埋めていたと思われる場所というイメージはないが、何か心地よい爽やかな風を感じる場所ではある。最近の経済発展に伴い、江門地区も高速道路および鉄道建設、そして住宅建設など緊急整備を義務付けされているようで、貴重な財宝の埋蔵発掘のきっかけは、こういった開発から始まったのだろう。ここに宮殿があったのか、大墓があったのか？遺跡群はあったのか？との思いは募る。四方八方の景色を眺めてみたが、こんな山奥の深い森の中で金塊が発掘されたとはまったく想像できない。

まだこの場所までは大掛かりな開発工事が進んでいない感じがするが、本当にこの場所で周兄弟は働いていたのだろうか？

夜になれば、何か神秘的な雰囲気が漂ってきそうな場所ではある。

梁堅邦はすたすたと小屋へ入って行った。すると、作業現場の責任者と思われる小

太りの中年男が現れ、なにやら話をしていたが、

「大先生、もう一ヶ月以上、周兄弟はこの職場に帰ってきていない。その後の消息はまったくわからない」と、言う話であった。さすがに、梁堅邦もがっかりとした様子で、この近くで金の財宝が見つかっているとは、とても思えなかったに違いない。はて、どの場所だったのだろうか？　もっと辺鄙な場所だったのだろうか？

さらに詳しく、問うてみた。

「周兄弟は、どの辺りで仕事をしていましたか？」

「一ヶ月前の作業なら、ここから更に一キロ奥に入った場所。将来、高速道路の建設予定地で、現在、区画整理を行っている。山と山に挟まれたところで、作業に手間取り人出がかかりました。十人前後で組をつくり、一週間単位で土木計画を立て、工程を次々こなして、移動していくんだ。ところで、いやに詳しく仕事のことを聞いてくるけど、この場所で金塊でも見つかったのかい？」と、責任者が聞いてきたので、

「いやいや、そういう話ではないよ」と、梁堅邦は、とぼけた返事をした。

もうこれ以上会話を続けると、怪しまれると思い、話を中断して、二人は一キロ先

の作業場を目指した。

　次の現場に到着。驚いたことに、五〇〇平方メートル四方と思われる周囲一面の山は、すでに整備されているではないか。きれいに開墾され、更地となっていて、ここに山があった面影はまったくなくなっていた。

「うーん」と、梁堅邦は腕組みして、あたりをじっと眺めるばかりだ。これでは、どこで周千興が金を掘り当てた場所なのかの特定は難しいと思われる。

　ブナやトチの原生林が、向こう側に山の連なりとなって見えるが、到着したこの現地はきれいに足場が固められ、山里に入ってきた感じではない。

　ここまで、追跡したが、折角の苦労が徒労に終わった感がした。

「大先生、ここへ来るのが遅すぎたね。こんなに整備されているなら、再び掘り起こすことは出来ないでしょうから、残念だけど、今日はあきらめて帰ることにしましょう」と、梁堅邦。

　私も「やむなし」と、呟きながら、後ろ髪を引かれる思いで、江門の地をあとにして、広州の宿泊地に戻った。

その夜、梁堅邦は、さすがに疲れた様子で、

「ここまで追い込んだけど、この先の追跡が難しくなった。大先生、一緒にここまで付き合ってもらったが、何も成果も出なくて、くたびれもうけになってしまったね」と笑いながら、私に謝った。

「いいえ、ここまで追跡出来たんだから、納得ですよ。この話が本当だったら、間違いなくあの場所から金塊が出てきたんでしょう。それだけでも、歴史に残る現場に立ち寄ることが出来たのだから、私の方こそ有り難う。感謝します」と、梁堅邦さんにお礼を言った。

二人は、お互いに肩をポンポンと叩き合った。

「私は、これから周兄弟に会えるように、現地調査を続けますから、今後の進捗状況は連絡します」と、梁堅邦はまだあきらめないで、追跡を続けると言った。

第十三章　金塊探しへ（その三）

次の香港出張時に、私は何日河と会う約束をしていた。

そして、何日河も宿泊している香港のホテルのロビーで会うことになった。

黒色のサングラスを掛けているので、すぐに私を見つけられますよと言ったとおり、一目で彼とわかった。

「ニーハオ」「ニーハオ」お互いに北京語で会話が始まった。

まずは、何日河が、

「会えてうれしいです。近くで食事でもしましょう、どんな料理がお好きですか」と聞いてきた。

私は、今日は早朝から深圳へ行き、三軒の工場を見て回った関係で疲れを感じていた。近くで食事を済ませたい感じだったので、「このホテルの三階にベトナム料理がありますが、どうですか？」と聞いてみた。いいですね、と言うことになり、そこで、詳しい話を聞くことになった。

何日河は、電話で話をしたとおり、マカオまで金の延べ棒を運ぶので、マカオで、現金に換えたい計画を再度説明してくれた。これは、秘密の話として断った上で、「私には多くの税関検査員と公安警察の知り合いがいるので、中国から河川を利用して船で運ぶのです。密輸のように聞こえますが、正規の輸出手続きを経てマカオへ運びます。これは、大山田さんが関わることではないので心配はいりませんよ。マカオの某倉庫に運びます。ですから、貴方は、信用できる日本人を紹介してくれればいいのです。時間は遅くなりましたが、今から広州へ行って、金の延べ棒を見に行きませんか？　勿論、この話は、限定した人にしか明かしていませんので、大山田さんもそのように承知してください」と、釘を刺された。

「お話は、よくわかりました。なかなか立派な金の搬送計画と思われます。しかし、まだ貴方とは今日初めて会ったばかりですし、短時間でお互いを信用するのは難しいでしょう。それに、私自身も紹介できる日本人は見当たりません。面白くて興味ある話ですが、私には荷が重いお話です。ただ、一つ聞きたいのですが、どうして売る相手として日本人がいいと思っているのですか？」

「それは、中国人同士では、話が漏れやすく、こんなこと（金塊発掘）が中国であるということを知られたくないからです。そういう理由で、外国人である日本人を選びました。勿論、金塊を売ってお金にするだけなら、簡単です。中国、香港にはたくさんの金持ちがいますから。しかし日本人なら中国の事に色々関与できないと思ったからです。勿論、マカオに運んだ金の延べ棒が中国で発掘されたことは、秘密にします。信頼できるお金持ちの日本人を紹介してほしいだけなのです」

「ごめんなさい、男なら誰しも一攫千金を夢見て、めぐり合えるチャンスがあれば、それをものにしたいと思います。でも、今回のお話は私には対応できません」と答えつつも、心の中では、何日河の言う広州にある金の延べ棒を一度見てみたいという興味心が残っていた。

何日河は、早速、広州へ行きましょうと勢い勇んで私を誘った。香港から深圳へは、フェリーで行ったことはあるが、広州へは初めてである。成程、車の助手席に乗せてもらって遠方へ行くのもいいが、時には何の心配もせずゆったりとフェリーに乗って目的地まで行くのもよいものだ。フェリー乗船の手続きは、出発時間から全て何日河がてきぱきとこなしてくれ、広州へ向かった。

フェリーの停泊場所のあたりは、想像以上に殺風景で広州市内の比ではなかった。何日河は事前に、連絡していたのであろう、運転手が我々の到着を待っていた。

「さあ、この車で行きましょう。金の保管場所は、広州市内ではなく、ここから四十分ぐらい車で掛かります。市内からちょっと離れています」と言う。

何日河からの金の情報は、周兄弟からの話と違うと、私は感じていたが、同じ場所から発掘された話である可能性もなくはない、と感じ始めている。果たして、どんな金の延べ棒を見せてくれるのか、ドキドキと胸が高鳴ってきた。又、凄く光り輝く金と出会える。こんな奇妙な心境は、なんと言葉に表したらいいのだろうか。

何日河は、誇らしげに話しかけてくることを考えれば、きっと高価に売れるからと自信満々なのだろう。そう思いをめぐらしている間に、目指している目的地に到着した。

ここは何もない田舎村であるが、さわやかな風を感じるところである。二階建てのコンクリートビルであった。

「この二階に保管していますが、このことは本当に秘密にお願いします。日岳佳代さんの紹介で信用できる人と見込んでここまで案内してきたんですから、決して他言はしないようにお願いします。この場所では、発掘した金塊の一部しか置いていません。安全のため分散させているのです」と言う。

薄汚れたビルの階段をとんとんと上がっていくと、一人の男性が迎えてくれた。二間に分かれていて、一間は応接室のようで、無造作にテーブルセットが置かれていた。早速、何日河が奥から袋を抱えてやってきた。

「これが、見つけた金塊です。私の横にいる彼が発掘したのです。これで信用してもらえますか?」と迫ってきた。

袋を開けると、四角い金の延べ棒がキラキラと姿を現した。周兄弟が製錬していたような同じ大きさの延べ棒である。重量は、周兄弟と大体同じで五キログらいであろうか。刻印はされていない、触ってみると、つるつるしてやはり気持ちがいい。上面、下面、横面と触って行くにつれ、気持ちも高ぶってきて、このままじっとしていたい気持ちになってくる。

光沢、重さ、肌ざわりともに周兄弟のものと同じと思われた。

「どこで、発掘しましたか？」と、隣にいる四十歳ぐらいの痩せた男に聞くと、

「江門です。ここから数百キロ離れた山奥で、山を掘り起こしていたときに、見つけたのです」と言う。

「何個ありましたか？」

「私が見つけたのは、十個ほどですが、他の人も何個か見つけたようです。でも、これは、みな秘密にしようと言っているので、全体で何個あったのか、わからないです」と言う。

「成程、凄い場所があったのですね。出来れば、その場所を見たいのですが、今はどうなっていますか？」

「今は、更地になってしまって、山の跡形もなくなりました。今では想像もつかない場所だったと思います。場所の案内は、出来ません」と断られた。

何日河は「これで、出所がはっきりしたし、本物の金であると信用してもらえましたね、今、安全に誰に売るかが問題なんです。信用できる日本人を紹介してください」

「うーん、大変な商売の話を賜ったものだ」と、考え込んだ。

この金の延べ棒が、周兄弟の発掘した金の置物と違うものとすれば、金が二ヶ所から、同じ時期に発掘されたということになる。中国とは、なんて広い国土なんだろうと感心させられた。

「この四角い状態で見つかったとの話ですが、何かで包まれていたと言うことはなかったですか」

「はい、見つけた場所は、川に沿った丘の中腹で、金の延べ棒は土の中というより、かなりの土砂と一緒に埋もれていました」

「ちょっと凹みが見られますが、汚れを布できれいに拭き取れば、このようにピカピカ輝きます。見つけてからは、ここにいる何日河に金の切り端を渡して本物かどうか調べてもらいました」

「偶然はあるものですね、同じ時期に、金塊を見つけたという人がいます。それも、見つけた場所は、江門です。江門というところは、金塊の宝庫かもしれませんね」

その後の日岳佳代の消息について何日河に聞いてみたが、連絡は来ていないと言う。

「一度、近藤蓉子さんに電話してみては？」と提案された。

近藤さんに電話し、その後、新しい情報が入ってないか聞いてみたが、その後の情報はつかめていないとのことだった。

近藤さんの話では、

「佳代さんは、ここ数ヶ月中国、特に広州、深圳の日系企業の取材が急に増え、とても忙しくなり、部下を抱えていたが、そのうちの一人が先日急に辞めてしまい、原稿の締め切りに追われる毎日で苦労しているみたいであったとの話です。この会社は、本社が東京で、今回急に東京まで来るように呼び出しがあったようです。ご存知のように、広州は、日本の自動車メーカーをはじめ、多くの日系企業が投資して製造拠点を構築していますが、現実は、現地従業員と労使問題のトラブルが絶えないといわれています。責任感の強い佳代さんのことですから、期日までにやり遂げないといけないと、奮闘していたとの社内の評判だったようです」

「そうですか？　そんなご苦労がありましたか、知りませんでした」

私は、電話口で何回もため息を繰り返しながら、近藤さんの話に聞き入った。そうだったのか、だから、東京で会えない場合を想定してわざわざ用件のみを知らせてくれたのだろう。そこまで考えてくれていた賢い女性だったのだ。いまさらながら、前回香港へ行った時、なぜ会えなかったのかと、悔やまれてならなかった。

第十四章　金塊探しへ（その四）

そうして、長く消息が途絶えていた佳代であったが、何日河から連絡があった。「行方不明になっていた佳代さんは今香港へ帰ってきているのです。記憶を喪失しており、病院に入院中です」とのことであった。東京のホテルで会う約束をして以来、すでに数日が過ぎようとしている。何日河の話では病院に見舞いに行ってもほとんど話ができるような状態ではなく、全体的に痩せてしまい、昔の佳代さんの面影はなかったそうだ。

会社の同僚の方に付き添われ東京から香港へ帰ってきたらしいが、一体彼女に何が起こったのだろうか？

誰に聞いても、東京の空白時間について語ろうとしなかった。

そして、その後、何日河と待ち合わせをして佳代を見舞いに行くことになり某病院を訪ねた。ネイザン通りにあり日本の病室より狭く薄暗いところであったが、佳代は何日河を見るなり、にっこりと笑顔を見せた。

「どう、ちょっと元気になった？」と何日河が声をかけると、

「うん」とうなずき、隣にいた私の方へ視線を移してじっと食い入るように見つめだした。

「私の隣にいるのは、佳代さんが紹介してくれた大山田さんだよ、香港まで会いに来てくれたよ」

何日河がそう伝えた。

私は何の言葉から挨拶をしてよいやら、言葉に詰まったが、

「佳代さん、はじめまして大山田です。お会いできてうれしいです」と言うのが精いっぱいで胸が詰まった。自然と一粒二粒と涙がこぼれてきて、

「早く元気になってください」と涙声になってしまった。

今の佳代の症状は、話は聞けるが話すことはできない。記憶回復までにはまだ時間が必要との医師の診断を受けている。佳代は話に聞いていたとおり美人であった。

じっと私を見て記憶を探っているのであろうか。とう一度も佳代の声は聞けなかった。東京で会う約束をしていたのになぜ？という疑問がずっとつきまとっていて、改めて何日河に問うてみたが、

「私も早く真相を知りたいですが、今のところ全くわかりません。佳代さんの回復を待つしかないのです」

その後、一週間程経過したある日に入院中の佳代から突然、電話があった。

「もしもし、大変ご迷惑をお掛けしました、佳代です。実は私、東京で数人の中国人に拉致され監禁されていました。今日やっと元気になったので、いの一番にお電話しています」と説明してくれると、さらに、

「少し心配の種だったのですが、例の金塊の話が漏れて数人の中国人から質問を受けていたのです。大山田さんにはすでに私の手紙が届いているでしょうが、私は何日河

さんからお願いされ貴方を紹介しようとしただけなんですが、詳しく金塊の在り処を聞かれました」

「そうでしたか。大変な目に遭いましたね。で、拉致されて身体にお怪我はありませんか?」と、彼女の身を案じた。

佳代は、会う約束をした当日から今日までの出来事を細やかに説明してくれ、私は、おおよそのことは理解できたが、一つだけ疑問があったので聞いてみた。

「拉致した中国人と何日河さんとは全く関係のない方なんですか?」

「それは私にはわかりません、この中国人には何日河さんのことは一切話していませんから」と、佳代。

「東京である事件に巻き込まれ、大山田さんに会えませんでした。事件とは金塊を巡る話で東京へは半分は会社の仕事でしたが、知り合いの中国人と一緒に行動して中国で見つけた金塊を日本で売りさばくべく隠密に行動していました。しかし、当日食べ物に睡眠薬を入れられたのでしょうか? 二、三日意識を失い、今まで記憶を喪失していました」

「そうでしたか？」と、ほっと息をついた。

「三人の中国人と来たのですが、そのうちの一人が早く東京で売りさばこうと言って、日本人の私を脅すのです。東京についてから紹介するから、もうあなた方とは関わりたくないと言って口論になりました」

「これは、何日河さんを紹介する手紙が後日到着しましたが、この金塊の話と同じですか？」

「同じです。しかしこの中国人は、欲深い人たちで私を信用しないのです」

「じゃ、佳代さんが意識を失ってから誰が介抱して香港に戻って来たのですか？」

「はい、あとで聞いた話ですが、会社の同僚がすぐに病院へ運んでくれ、まる三日間寝入っていたそうです。目が覚めても意識が朦朧として、何があったのかもわからなくなって、記憶喪失状態となったのです。このまま日本で入院して回復する手段もあったのですが、身寄りが少ない日本よりは香港の方が勝手がいいだろうと帰してくれました」

「佳代さんが私に何日河を紹介してくれましたが、佳代さんは全く金塊騒動に関わっていないのですか？」

「関わっていません、私は日本人紹介だけの役目でした。なのに、こんな羽目になってしまい私の人生はこんなものかな？と落ち込んでます」

「……ところで、何日河とは金塊の話はどうなっていますか？」

「中国人同士はすぐに話が漏れるから日本人なら大丈夫との見込みで私に相談がありました。何日河からこれは一生に一度のチャンスだからと言われました。私自身まだ金塊も見ていないし、どこにあるのかも知りません。でも手に入るなら、お金持ちになりたいわ、そうでしょう、大山田さん？」

金の発掘という現実と対峙しながら、誰に売ればいいのかと、私も佳代も思案に暮れてしまった。しかし、どうしても国宝かもしれない金塊を盗んで売るという行為には不安もあり賛成できなかったが、二度とめぐり合わないであろう一攫千金の話に私も心を動かされたのは確かだ。

記憶回復後の佳代は、えらく金塊の件にこだわりを持ちはじめ、金を売って金持ちになりたいという欲望がでてきた。そして、佳代から、

「金塊探しに一緒に行きましょう」と思いがけない言葉が出てきたので、私は少々驚いた。
「金塊を探し当てれば、大金持ちになれるチャンスだけど、どのような場所で金塊が
発掘されたのかにも興味があります。是非、現場を見たいです」と、佳代。
「実はね、私はつい先日金塊を見てきました。江門市で発見したから売ってくれと、
頼まれました、今回の佳代さんの話と同じかもしれません」と、私。
　すると、佳代は仰天したように、
「びっくりです、本物でしたか？」
「本物でした。四十、五十個発掘された金塊を見てきました、信じられない現実を、
私はこの目で見てきたのですが、中国ではこのように国の財宝が土中から発掘される
ことが多いのですか？」
「いいえ、私も香港で仕事を始めて金が発掘されたニュースは噂では聞いたことあり
ますが、今の大山田さんの話には驚きました。江門市の場所で見つかったなら同じ話
かもしれません」と、佳代は目を丸くして言った。

私の出張は、予定どおり終わり、明日には日本へ帰ることになっている。

何日河が言うように、日本人を紹介すれば事がうまく進むのだろうか？

合法的な手続きでマカオまで運ぶと言うが、問題は発生しないのだろうか？

考えれば考えるほど、自分に手伝えることではないと承知しているが、万が一巧く事が運ぶとなればどんな方法があるのか？と思案してしまう。

「日本へ帰ったらすぐ返事をください」と、何日河が何度となく頭を下げながら、私の手を握りながら哀願してきた。


帰国後はいつもどおり出張報告書を提出して、今回の成果と今後の見通しを植山部長に説明して次回の出張に備えるようになっている。通常は月一回の出張ではあるが、仕入れと販売の相互関係で早くなったり、遅くなったり、また出張期間が長くなることもある。次回出張するまでには、何らかの返事を何日河にしないといけないと思っていた。

帰国後、三日が過ぎた頃、何日河が声を張り上げて、国際電話してきた。

「この前見てもらった金塊は、全て販売されてなくなってしまいました。私の返事が遅かったのでしょう。残念ですが、仕方ありません」と言う。突然驚くべき話が飛び込んできた。

「大山田さんからの返事をもらうまで待ってほしい」と何日河が金塊発掘者にお願いをしていたが、待ちきれなかったのだろう。他人に販売してしまったとのことであった。

そして、とうとう私は、日岳佳代、何日河の三人で金塊探しに向かうことになる。

第十五章　金塊探しへ（その五）

車をチャーターし、現地ガイド役の運転手を雇い入れ、三人三様の思いを乗せて発掘目指して出発する。

「周兄弟は、どんな形で金塊を見つけたと言っていましたか？」と何日河。

「そんな話はなかったです。ただあれだけたくさんの金塊が出てきたのですから、四方八方に広がっているのではなく、数ヶ所にまとまっていたと思うんです」と私。

「私もそう思うわ。ここ掘れワンワンじゃないけど、ある場所にたくさんまとまっていたと思うわ」と佳代。

「それと、周兄弟は江門の山奥で道路工事しているときに見つけたと言っていることから、山中の奥深いところではなく道路沿いの近辺では？」

「この広い森林の中で見つかったなんてなんと素晴らしい幸運なんでしょう、周兄弟は」

「道路工事に来ていたというから、この辺の場所からそんなに奥に行ってないと思うから、とにかくこの周辺をくまなくぐるぐると探しましょう」

昔から戦いにあけくれた、たくさんの王朝が生まれては滅びた中国の歴史の重さに感じ入った。

まずは、〈江門市内から数時間離れている工事現場〉、〈江門から山林へ向かう高速道路インフラ工事現場〉を重点的に見回り、〈金塊発掘後に仕事を辞めている〉こと、〈周兄弟の名前で現場仕事していた〉ことを調べる。これらについて実現できるかできないにかかわらず、実行することにした。

そんな話し合いの途中、佳代はいきなり立ち止まり、

「大山田さん、もし金塊が見つかり、お金持ちになったら何したい？」と聞いてきた。

「私の場合は、まず苦労を掛けた母親を大きな家に住まわせてあげたい。中学生時代

に父親をなくし、母がここまで苦労して女手一つで育ててくれたことが忘れられない。それと、貿易会社の社長になること」と自分の夢を話す。

佳代は、「大山田さんは優しい人ですね。私は美味しい食事をして、目いっぱいおしゃれして若返りたいわ。今まで高価な食事も我慢してきたから。あとはやっぱりヨーロッパ風の家に住んでね、よく言うじゃない、世界で一番幸せな人は、欧米風の大きな家に住んで、食事は中国料理、奥さんは日本人とね、これは男の人の場合だけど」

何日河は、「家族全員を呼んで一緒に住みたい、私も大山田さん同様、家族に感謝しています。すぐに香港に呼んで一緒に住みます。数えきれない辛苦を味わった数年間を早く忘れたい。昔の苦しみはもう二度と味わいたくない、そのためにも、金塊をみつけたいね」

お互いが、うんうんとうなずきながら、納得の表情をみせる、三人の顔から自然と笑みがこぼれた。

皆それぞれに夢がある。

ここは何と言っても太陽が直射する地点、北回帰線に近い熱帯である。車の中にいても、車の外にいてもとにかく暑く、そんなに広範囲に動けない。それでも三人は穴を掘った形跡がないかどうかも含めて丹念に車中から、ある時は車を降りて探索した。

金塊は、数十個がまとまっていたのか？　それとも点在していたのか？　あれほどの金塊が発掘されるということは、かなりまとまって埋まっていたのではないかとの判断でこの道路の左右に違いないかもと思案が続く。ここは江門市に至る一本道ではあるが行きかう車も数台しかない、人里離れた森林地帯である。

ひょっとして見つかるかも知れないという期待感からここまでやって来たが、事の難しさを感じる。この一本道はブナの背の高い木と低い木が連なり、樹木に大きな変化はない。起伏の激しい峠が繰り返しやってきては、川にぶち当たるという地形に富んでおり、高い山がそびえているわけでもなく、平坦な台地になっているわけでもない。ここに王宮跡があったのであろうか？

どこでどう掘り当てたのだろう？　今は周兄弟が掘り当てた心境はいかほどだったかを偲んだ。

果たしてどんな方法で見つかるのだろうか？　三人は時々無念の思いで天を仰ぐ。

「私は二日後に日本へ帰らなければならないから、あとは何日河さんと佳代さんの二人で工事中の看板が上がっている個所も含めて探してみますか？」

この一本道には、八ヶ所の工事現場があり三ヶ所に工事中の看板、あとの五ヶ所には数人の作業員が働いている。

ずっとこの森の中にいると、本当にこの地で金塊が発掘されたのだろうかと思うほど、静寂で落ち着いた景色である。

中国の山奥はとても空気がよくて、そんな澄み切った空気で晴れ晴れとした気分にしてくれる。金塊探しではあるが「三人でハイキングに来ているみたいだね」と、佳代。

そこへ「今までこの地域で金塊が見つかったというニュースは聞いたことないし、私も楽しみに来ているんだよ」と、運転手まで会話に加わってきた。

「この静かな田舎町の山奥で、金塊が見つかったとなると、大騒ぎになるのは間違いなし、早い者勝ちという雰囲気だね」

運転手を含めた一行四人が、夕方たどり着いた場所は、何とも辺鄙な人通りのない村のはずれであった。

「こんな時間だから江門の町まで帰るとなると夜中になるし、この旅館で一泊しましょう」

小さな古い旅館であるが、そこに泊まることになった。皆は疲れ切った様子で、早く一風呂浴びて、寝たい気持ちだったので早めに食事の用意をお願いした。この旅館の女将が、

「いらっしゃいませ。ここは小さいながら温泉郷ですから、食事の前にお風呂に入ってから食事してくださいませ」と丁寧に案内してくれる。何日河は、

「私はいつもシャワーだけだから、部屋のシャワーで済ませる。大山田さんは温泉に浸かってきなさいよ」

と、勧めてくれるので、久しぶりに中国の山奥の温泉に入ることになった。田舎の辺鄙な温泉らしく、ガランとして、男女の仕切りもない混浴風呂である。さすがに今

日一日の疲れがあり、大きな岩場にもたれるように屈んでいると、一人の女性がやって来た。

「お一人ですか？　何号室にお泊りですか？」と聞いてきた。

「はい、三人で来たのですが、ここは静かでのんびりできるいい温泉ですね。私の部屋は二一〇号室です。ここはとても景色がきれいですね」と言うと、

「ここは、今は何もない田舎ですが、昔は結構栄えた場所で風光明媚なところです」と、女性が話してくれる。

「この付近で、金塊が見つかったという話はありませんでしたか？」と尋ねてみた。

「私は、直接会ったことはありませんが、聞くところによると、長年探し続けてやっと金塊を見つけた人がいるらしいです。人の便りを耳に山から山へとくまなく歩いて見つけたようです。最初は夫婦一緒に夢中になっていましたが、途中で奥さんが病に倒れて大変だったのですが、『私たち夫婦の夢だから』と言って、探し続けたという事です。いつどこで、どのように金塊を探しあてたのか誰も知りませんが、ある日、笑顔で、真っ黒な顔をして山を降りてきたらしいです。今は、大金持ちになっている

のでしょう」

「そうでしたか」と、私は大きなため息をついた。

「金塊を見つけるのは並大抵ではないですよね、一握りの幸運なのですから……。もし、貴方が金塊を見つけたとしたらどうしますか？」

「私にも、人並みに大金持ちになりたいという夢はあります。しかし、どのようにして、どうすれば大金持ちになれるのか？　今まで考えたことはありません。実は、今回ふとしたことから中国人と金塊探しに来ました。これが大金持ちになる最初の機会かもと夢物語を見ているのです。思いもかけなかった夢のまた夢の世界を見ています。大金持ちになりたいとは思いませんでしたが、一攫千金のこのような夢があるとは……」

「私は遠い田舎から出てきて人並み以上に働いてたくさんのお給料がほしいです。私の故郷は、貧乏で学校にも行けないぐらいでした。両親が、子供だけは自分たち以上の人生を送ってほしいと昼夜を問わず働いて、ここに送りだしてくれました。私は、ここまでくるのに、まる四日間かけてバスを乗り継いで来ました。一生懸命に働いて親に早く仕送りをしないといけないと思っています」

「大変に立派に親孝行をされていますね。しかし、貴女を見て話をしていると、性格も温和で、とても貧乏な田舎から出てこられたとは思われないですね」

「それは、ここの旅籠でいい待遇で迎えてもらっているからでしょうか。毎日、お客さんと楽しく笑顔で、穏やかに気持ちよく仕事させていただける環境にあります。こうしてお客さんである貴方と楽しくお話できるのは嬉しいことです。私は、この旅籠で働くことが出来た巡り合わせにとっても感謝しています。だから、毎日朝から夜まで感謝の気持ちを忘れません」

「貴女は、とてもいい運を持っておられます」

「ある人は、運よく金塊を探して、夢を現実にした人もあるでしょう。田舎から出てきた私には、お金もなく知恵もなく、金塊を探すなんてそんな大きな夢は持てません。私の生に感謝して、この気持ちを忘れないで、一日一日生きていくことしか出来ません。それが一番の幸せだと思っています」

なかなか、芯のあることを言う女性だな、と感じ入りながら話に聞き入った。

「なるほど。お金持ちになれば、皆幸せになれるとは限りませんよね。私は日本人です。中国の方と一緒に金塊を探しに来ました、欲深い人間です」

「夢があっていいじゃないですか。私は四川省重慶から出稼ぎに来ました仲居の素玲《すうりん》と言います。金塊を見つけた人とはまだ出会ったことはありません。是非、見つけてくださいね」と言って素性を明かしてくれた。

そういって、私に近づき、二度三度と背中を流してくれる。

「いいお話を有り難う。勇気と元気をもらいました」と私は彼女にお礼を言った。

「金塊が見つかるよう、お祈りしています」と、言って女性は風呂場を立ち去った。

気さくに話しかけてくる四十代と思しき女性だった。風呂を終え、何日河との食事も済ませた後、二一〇号の部屋に戻ると、

「お帰りなさい」と言って、先程風呂で出会った女性が出迎えてくれた。

私は驚いて「この部屋は私の部屋です。部屋を間違えているのではないですか?」と言うと、

「はい、ここは貴方の部屋です。今日は一緒にお泊りさせてください」と言ってきた。

唖然としたが、これも温泉郷のお楽しみかなと思い、この夜はしっとりと先程出会った女性と一夜を過ごした。

なんとも不思議な温泉旅館であった。

私は、何といっても仕事で香港への出張中の行動であるので、そんなにゆっくりと構えてはおられない。土曜、日曜を絡ませて四日間の休暇をもらっている。今回の出張予定では、広州と香港、深圳で一週間としていたので、仕事のはかどり具合からあと二日ぐらいは金塊探しに集中できるので、あくる日も何日河、佳代と一緒に、昨日探索した場所の近くを見て回ることにした。

金塊探しは、当然ながら簡単ではない。発見現場の近くと想定した場所を何回も訪れるが新しい進展がみられない。

掘り起こした場所に偶然にも金塊が埋まっていただけなのに、見つけた人は本当に運がいい。こんなに運がいい人は世界中で一番幸せ者なのだろうと、三人は口をそろえる。そう思いながら、私は、いつものように佳代と何日河の三人で山林へ向かった。

今日こそは……という強い気持ちがあるわけではなかったが、今日はなぜか朝から爽快な気持ちになっていた。

昨日に引き続き、歩き終えたという場所から歩き回ることになっていた。

昼すぎだろうか、向こうからにぎやかに話しながら歩いてくる老夫婦に出会った。

「この辺で金塊が見つかったという話を聞いたのですが、ご存知ですか？」と、単刀直入に聞いてみた。

「この前から何人かの人に同じことを聞かれたが、ここでは見つからなかったよ」と、老爺。

「場所はどのへんでしたか？」

「この向こうの××と言う村の大きなため池（皿池）と鉢伏山との間ということじゃったが、わしらが行った時はすでに数人の人がうろうろしていた。初めは何をしているのか全くわからなかったが、二日も三日も同じ人たちと顔を合わせれば、いやでも金塊探しに来た人とわかった」。そして、「見つけたと言う確かな情報で、わしらも勇んでやって来たが、運がなかったということじゃ」と、老爺は言う。

ここは、周兄弟が見つけた場所からはちょっとかけ離れている。

「わしらは、××村の人が見つけたという話を信じてここまでやって来た。家にいても何もすることはないし、ここにきて大勢で一日一日を過ごしている。ある日は、山の頂上付近まで歩き、ある日は池のふもとまで、歩いて行ける場所はくまなく探したけど、見つからなかった」

老爺は、言う。

「見つかることを信じて、村の人たちと、ここで集会を定期的に開いてきた。毎日、探しに行く方向に向かって、古来より伝わる老酒をささげ、そして、見つけた後はどこで保管するなど、決め事をあらかじめ細やかに定め、最後は、金塊が見つかろうが、見つかなかろうが、そんなことには関係なく一日一日の無事を祝って皆で食事を共にする。残り少ない余生を、共に育った同郷の仲間と一緒に夢を持って暮らしている」

と、言う。

「早く金塊を見つけて、大きな家に住む夢を皆持っている。でも見つからなくてもこうして同郷の人と最後には同穴となり、誰かが最後まで面倒見てくれるから何も心配はいらん。まさに命の絆で結ばれているんだ」と、老爺は話す。

そういえば、ここで出会う人は皆生き生きとした顔をしており、本当に金塊を探しに来た人たちであろうかと目を疑う。

「ある日、ある場所で、私たち仲間の鴻志明《こうしめい》が一つの金塊を見つけたんじゃが、小さい頃から真面目でおとなしく、目立った人ではなかった。その時、妻の麗月《れいげつ》は昔からの不治の病を患い貧しい生活をしていた。誰もわからぬように上海の近郊の大きな病院のある場所に移り住んだと聞いた。うれしくもあり、この地を離れるのはつらかったと、あとからある人から聞いた。そうじゃろ。村の住人は皆心配はしていたが、助けはいらんと断っていたそうな。それ以来、私たち十数名は偕老同穴《かいろうどうけつ》、集団で生活して悲しみも楽しみも共有し始めたわけだよ」と、話を続ける。

「そりゃ、金を見つけた人は独り占めしたいが、ここでは一切しないことになっている、だから毎日場所を定め金塊探しに没頭しているが、将来について不安はない。誰かが助けてくれると言う安心感があるからじゃ。だから、安心して金塊探しを続けられるというわけじゃ。毎日の生活も質素に節約して、暇があれば隣近所の人と話をして生活の活力をもらっている。だからいまでもこうして元気に生活できるんだよ。私たちにはそういう悲壮感はない。宝くじを皆で買っている感覚で、至って楽しい」と、言う。

移り住んで二年近くになると言うが、忍耐力がある連帯組織であると改めて驚き感心させられた。老爺が言うとおり、仲間の鴻志明が金塊を見つけ、今は上海で大邸宅に住んでいるという現実を見れば、皆同じ思いでここへ一攫千金の夢を求めてやってくるのだろう。こういう実物語がある以上、こうした金塊探しが続くのであろう。

ここは、そういう意味では人里離れた別天地なのかも知れない。この別天地で、皆和気あいあいに暮らしている人たちではあるが、「折られれば折られもせん」という観念みたいなものを感じ、残り少ない人生を達観している風に見えた。

皆必死に金塊を探しているようには見えなかった。

私たち三人は、何回も顔を見合わせながら、この不思議な集団生活の話に聞き入った。

本当に金は埋まっているのかという不安と希望と闘いながら行動している三人であ

る。何日河は言う。

「思いは皆同じだけど、どういう結末になるかは誰もわからないよ」

「ねえ、何日河、周兄弟が探し当てたこの場所は、多くの人が何回もこの周りをくまなく探しているだろうから東側を探してみてもいいのでは」と、私は何日河に意見を述べた。

「そうですね。私も今同じことを思っていました。周兄弟が探し当てたと思われる日から数えるとすでに数ヶ月経っています。ここから一キロ東側も、形状は違いますがよく似た丘があり、日本の墓地に近い見晴らしの場所があります。そちらへ移動しましょう」

　ここ数ヶ月の金塊探しへの思いは、並々ならぬものであったが、なかなか新しい進展がみられない。半分あきらめの心境となっていたが、何日河が、「××という場所で金塊を見つけた人がいる」との話を伝え聞きした、と言うのだ。

　そもそも、××という場所は周兄弟が見つけ出した場所とは離れておらず、驚きではないが、この近辺も何回となく探し歩いたところではある。

「そんな話が広まっているとなると、多くの人が金塊探しに集まってくると思われる。正に、早い者勝ちとなりましたね」と、私は返事を返した。

とは、言うものの、肩の力が抜けたような虚脱感なのか、金塊探しにこれまで以上の力は入らなかった。

そして、何日河が、

「もうそろそろ作業も打ち上げ、金塊探しもやめましょうか？」と言い寄ってきた。

第十六章　金塊探しへ（その六）

その後、久しく連絡が途絶えていた梁堅邦から電話がかかってきた。

「大山田さん、私は金塊探しにきていますが、やっと見つけました。場所は、仏山市からずっと森に入ったところです。三個見つけました。まだ埋まっているかもしれないので、作業中です。大山田さんに見てもらって本物かどうか鑑定してもらわないといけないけど、今は信じられない気持ちで夢心地なんです」

「えっ、本当ですか、やりましたね、堅邦さん」と私は、携帯電話を握っている手が震えた。

「もうちょっと金塊探しを続けます。帰ってからこの金塊を見せます」

ついに、探し求めていた金塊を、梁堅邦が見つけた。夢を見ていたことが現実となった瞬間である。私も、この瞬間、ドキドキ胸躍り、心が弾んで、今まで経験しなかった感動がこみ上げてきた。

そして、数日後、堅邦は、喜び勇んで、黒色の手提げ袋に金塊を入れてやって来た。袋の中から何重にもタオルでぐるぐる巻きにした金塊をそろりと取り出した。ピカピカ輝くこの金塊は、周兄弟から見せてもらった馬の形ではなくライオンのような動物の形であったが、ほぼ同じように見えた。

「金塊を見つけたい執念が、この幸運を引き寄せたんだよ、おめでとう！」と、私は息を切らせながら喜びを共有した。よかった、よかったと声をあげながら、二人は抱き合って喜んだ。

そして、堅邦が発見現場へ行きましょう、現地へ案内すると言い出した。何日河と佳代も同行することになった。

山と畑、そして、坂道をいくつも越えながら、車を三時間ほど走らせる。草と木が生い茂る森に入る手前の丘の上で車を止めた。そこで堅邦が発見の経緯を話してくれた。

「ここで休憩しようと車を駐車させたところ、ちょっと地面がデコボコした場所があるので、何気なく持ってきた金属探知機をかざしてみると、反応がありました。思わず、えっと思いながら、連れの三人と付近の土を掘り返し始めたところ、なんと三個のキラキラ光る金塊がでてきました」と、喜色満面になって話してくれた。正に、堅邦の第六感がなせるワザであった。

「これは、夢ではなく現実に起こった、あなたが掴んだ幸運です」と堅邦の肩を抱きかかえると、私も涙が溢れてきた。何日河と佳代もこの現場に立ち会い言葉を失って、ただ呆然とするばかりだった。

そして、堅邦は言う。

「私は元来、この金塊をお金に換え事業資金の一部にするつもりでしたが、この金の輝きに魅せられて、手にした一個は私の手元に置くことにします。毎日、金色の輝きを浴びて、元気をもらいます。きっと長寿の手助けになると思うからです。想像もできない喜びに出会いました。こんな幸せな偶然にめぐりあえて神に感謝します。そそして、何よりも金塊探しの機会を与えてくれた大山田さんに感謝です。お礼の印に探し当てた金塊三個のうち一個を大山田さんに差し上げます」と、真面目な顔をして、話し出した。

「ありがとう。嬉しいけど、これは私が見つけたのでなく、堅邦さんが見つけたのですから、私は受け取れません。金塊を日本へ持って帰れないしね。手元に置いて毎日金塊を眺めるなんて、最高の幸せ、喜びだね。すごい決断です。羨ましい限りです」

「わかりました。大山田さん、今度香港で、とびっきり美味しい料理をご馳走します」

私は、これでいいんだ、と何回も自分に言い聞かせた。

何日河と佳代は何度も顔を見合わせながら、「とうとう堅邦が幸運を掴んだね。我々もこんな素晴らしい夢と現実の現場に立ち会えたんだから、今までの苦労が報われたようで、すーと肩の荷が下りました。自分のことのようで、嬉しいです」と佳代。

何日河も「そうですね、我々三人は金塊を見つける夢が叶わなかったけど、土に埋まっていた金塊の輝きを浴びて、目に焼け付けました。だから、これで我々三人の金塊探しも終わりにしましょう」と、言って現場を後にした。

最終章　金は魔物

私は、一人になると、この度の金塊探しを走馬灯のように思い出す。

金が放つ輝きは言葉で言い表せないぐらい素晴らしく、忘れられない。人をひきつけてやまない魅力を持っている。

ある人は、金塊をお金に換えて財をなし、またある人は、自分の装飾品として身に付けて華やかさを誇りたいと様々な欲望がわいてくる。

久しぶりに、ラウンジクラブ「K」の扉を叩いた。

今日は、店に入るなり、ママさんは、いきなり私の左脇をすっととり抱えて、向こうへ行きましょうと言って、一番奥の広いボックスへ連れて行かれた。金塊に関しての今までの経緯を話してあげた。

「色々興味深い話をしてくれて有難う。中国には信じられないことがあるのですね。もっと早く大山田さんと知り合いになって香港、広州へ一緒に行きたかったわ。そして、そのすばらしい金の輝きを一緒にいっぱい浴びたかった。大山田さんだからこそ、こんなすばらしい凄い体験にめぐり合えたんでしょうね。貴方の中国人との交友がここまで発展して、めぐり合えたと思います。私なんか、一生のうちそんな輝きを浴びることなんかない。それを、数十個も満面に浴びるとは、羨ましい限り。でも、大山田さん、大金持ちになるチャンスを逃してしまいましたね」と、大笑いになった。

そして、ママは言う。

「好きな料理を食べて、毎日幸せに、そして死ぬまでの生活を支える預金をしておけば、平凡でもいい人生が送れると私は考えていたけど、大山田さんが現実に金塊の輝きを見てきた話を聞くと、死ぬまでに一度でいいからそんな贅沢な金の輝きを浴びたくなってきました。想像しただけでも、身震いするわ」

そして、

「ねえ、大山田さん！　今度の日曜日に宝石店に行きませんか？　金の輝きを頂きたくなりました」と言ってきた。

「はい、見に行きましょう」と、私も答えた。

そうして二人は、まるで金の魅力に取り憑かれたかのように話が弾み、深夜になっても尽きることがなかった。

了

田代　秀則（たしろ・ひでのり）

昭和 25 年生まれ。兵庫県加古川市出身。
昭和 48 年、北九州大学外国語学部中国語学科卒。
貿易商社、大手製造メーカーにて海外業務に携わり、台湾、香港、中国深圳等での海外駐在を経て、数多くの中国人とビジネスを通じ、幅広い交友を深める。日本では経験できない出来事にたくさん遭遇し、広い大きな世界を見たことが一生の財産となる。この度、そのひとこまを小説化した。

金塊探し

2023 年 7 月 29 日　第 1 刷発行

著　者　田代秀則
発行人　大杉　剛
発行所　株式会社 風詠社
〒 553-0001　大阪市福島区海老江 5-2-2
大拓ビル 5 - 7 階
Tel 06（6136）8657　https://fueisha.com/
発売元　株式会社 星雲社
（共同出版社・流通責任出版社）
〒 112-0005　東京都文京区水道 1-3-30
Tel 03（3868）3275
装幀　2 DAY
印刷・製本　シナノ印刷株式会社

ISBN978-4-434-32308-9 C0093